Henrietta, mein Geheimnis

Maja Hjertzell

Henrietta, mein Geheimnis

Aus dem Schwedischen übertragen
von Stephanie Elisabeth Baur

KOSMOS

Umschlaglayout: Henry's Lodge, Zürich, unter Verwendung eines Fotos von © Getty Images, Sappington Todd

Die Arbeit der Übersetzerin am vorliegenden Text wurde vom Deutschen Übersetzerfonds gefördert, wofür sich die Übersetzerin ganz herzlich bedankt.

Die Originalausgabe erschien 2005 unter dem Titel »Henrietta är min hemlighet« bei Rabén & Sjögren, Stockholm, Schweden. Text © Maja Hjertzell. Published by agreement with Rabén & Sjögren Agency.

MIX
Papier aus verantwortungsvollen Quellen
FSC® C014496
FSC
www.fsc.org

ISBN 978-3-440-14912-6
Redaktion: Dr. Iris Schubert
Übersetzung: Stephanie Elisabeth Baur
Produktion: Verena Schmynec
Innenlayout und Satz: DOPPELPUNKT, Stuttgart
Printed in Germany/Imprimé en Allemagne

Wie kann ich sagen, ob deine Stimme schön ist.
Ich weiß nur, dass sie mich durchdringt
und mich wie Laub zum Zittern bringt
und mich zerfetzt und mich zersprengt.

Karin Boye

Warum ist der Geist unfähig,
sich selbst für sein Thema zu entscheiden?
Warum denken wir, wenn wir verzweifelt
über eine bestimmte Sache nachdenken wollen,
unweigerlich an eine andere?

Jeanette Winterson

Alte Liebe rostet nicht

Plötzlich ist ihre Stimme in meinem Ohr.

»Hallo, ich bin's, Henrietta. Wieso bist du weggerannt?«

Ich bin weggerannt und trotzdem nicht entkommen. Hätte ich den Hörer nicht abgehoben, wäre mir die Flucht vielleicht noch geglückt. Doch nun ist ihre Stimme überall, in meinem Kopf, in meinem Bauch, in der Hand, die den Hörer hält, und in unserem Dielenspiegel sehe ich, dass sie meine Wangen rot gefärbt hat.

»Hallo, bist du noch da?«

Ihre Stimme klingt rau und etwas spröde, wie Sandpapier. Aber nicht wie neues Sandpapier. Ihre Stimme klingt warm und kratzig. Wie Sandpapier, bei dem die Kanten vom Schleifen allmählich brüchig werden. Das Papier ist warm, und man hat feinen Staub an den Fingern. Ich kann mir ein Leben ohne diese Stimme nicht mehr vorstellen.

»Hallo?! Ich weiß, dass du da bist. Ich hör dich atmen.«

»Falsch verbunden«, sage ich und lege auf.

Als ich in mein Zimmer gehe, höre ich das Telefon noch mal

klingeln, doch diesmal gehe ich ganz bestimmt nicht ran. Soll es doch klingeln. Außer mir ist niemand zu Hause.

Ich bin verliebt. Und dumm. Lächerlich. Ein Idiot.

Hatte ich wirklich geglaubt, ich würde entkommen, bloß weil ich nach Hause gehe? Hatte ich geglaubt, sie würde dort am Schließfach stehen bleiben und es einfach auf sich beruhen lassen? Steht sie vielleicht schon bald klopfend vor meiner Tür? Ich weiß nicht, was ich glauben soll.

Es gibt eine Vielzahl von Gründen, warum zwei Menschen kein Paar werden können:

1. Ein Freund von mir ist mit seinen Eltern nach Malmö gezogen. Man sollte meinen, das wäre nicht so wahnsinnig weit weg, aber nach ein paar Monaten war zwischen ihm und seiner Freundin trotzdem Schluss. Entfernung kann also ein Hinderungsgrund sein. Aber Henrietta wohnt in derselben Stadt wie ich. Und auch wenn ich so-quasi-auf-dem-Land wohne und sie im Zentrum, trennen uns nicht gerade 700 Kilometer. Außerdem gehen wir auf dieselbe Schule.

2. Ein weiterer Hinderungsgrund wäre so altmodischer Familienkram, wie bei Romeo und Julia. Man kann kein Paar werden, weil die Familien miteinander im Clinch liegen und eine Verbindung niemals billigen würden. Meine Eltern sind denen von Henrietta zwar noch nie begegnet, ich kann aber mit ziemlicher Sicherheit sagen, dass sie nicht das Schwert ziehen oder einen Krieg anzetteln würden, bloß weil ich ihnen erzähle, dass ich in jemanden verliebt bin, der mit Nachnamen Johansson heißt.

3. Oder aber es handelt sich um so eine Frage der Ehre. Wenn die Eltern oder Geschwister nicht wollen, dass ihr Kind mit jemandem aus einer anderen Kultur zusammen ist. In der Schule hatten wir sogar einen extra Tag zu dem Thema. Den Kultur-Clash-Tag.

4. Der vielleicht häufigste Hinderungsgrund ist jedoch der, dass die Liebe nicht erwidert wird, die sogenannte unglückliche Liebe. In der vierten Klasse war ich in ein Mädchen aus der Fünften verliebt. Damals war es vollkommen ausgeschlossen, dass meine Liebe je erwidert wird, unter anderem deshalb, weil ein Mädchen aus der Fünften niemals jemanden aus der Vierten auch nur eines Blickes würdigen würde. Außerdem war sie eines der beliebtesten Mädchen der Schule.

Keiner dieser Hinderungsgründe trifft auf meine Liebe zu. Das Merkwürdige ist vielmehr, dass in meinem Fall sogar die minimale Chance besteht, dass meine Liebe erwidert wird, also dass sie glücklich ist. Keine Ahnung, so richtig blicke ich da nicht durch. Nichtsdestotrotz kann ich meine Liebe nicht glücklich nennen, ich würde eher sagen, sie ist wie vor Schreck gelähmt. Aber verglichen mit großer Entfernung, Familienfehden, Ehre und unerwiderter Liebe ist mein Hinderungsgrund ein echtes Luxus-Problem. Und hier kommt er:

5. Ich bin feige. Ein Hasenherz, eine Memme, ein Schisser, you name it. Angst kann ohne Frage gefährlich sein. Das hängt ganz davon ab, wer sie empfindet und was man da-

raus macht. Aber wenn du in jemanden verliebt bist und diese Person ist auch in dich verliebt, aus welchem Grund sollte man da noch zögern? Da ist doch eigentlich alles wunderbar. Aber ich weiß ja überhaupt nicht, was Henrietta will. Also in Wirklichkeit. Ich habe eine Heidenangst vor Mädchen und vor dem Küssen und davor, mit jemandem zusammenzukommen. Und angenommen, Henrietta interessiert sich tatsächlich für mich. Müsste ich dann nicht überglücklich sein? Wenn man bedenkt, wie lange ich schon in sie verliebt bin, sie anhimmle und mich nach ihr sehne. Doch stattdessen bin ich wie gelähmt vor Schreck. Ich war noch nie mit jemandem zusammen. Noch nie. Ich habe keinen blassen Schimmer, wie das geht. Was soll man sagen? Wie soll man sein? Und was werden die anderen sagen? Ich weiß, das hört sich bescheuert an. Ich schäme mich ja schon. Ich traue mich aber trotzdem nicht, den Hörer abzunehmen, als ich das Telefon im Flur erneut läuten höre. Ich werde nie mehr in die Schule gehen.

Ich lege mich aufs Bett und denke an sie. Wie üblich. Ich denke immer an sie. Ich sehe sie vor mir, aber das sind alles bloß Bilder. In Wirklichkeit macht sie etwas völlig anderes, lebt wirklich. Manchmal habe ich das Gefühl, sie wäre mir ganz nah. Wenn ich die Augen schließe und mir eine ganz bestimmte Begebenheit in Erinnerung rufe. Ein Lachen auf dem Korridor oder wie sie einmal über den Schulhof rannte, als ich gerade aus dem Fenster sah. Ich denke, was für ein Glück ich hatte, dass ich in genau diesem Augenblick rausschaute und dass ausgerechnet sie es war, die zu spät kam.

Das zumindest ist wirklich passiert.

Das Erste, was einem an Henrietta auffällt, sind vermutlich ihre Haare, die sind nämlich so gut wie weiß. Sie sind aber nicht gefärbt, sie waren schon immer so. Wir gehen seit der Ersten auf dieselbe Schule, waren aber nie zusammen in einer Klasse. Mittlerweile trägt sie die Haare relativ kurz. Sie sind gelockt, aber nicht fein gekräuselt, sondern eher wie Wellen, die auf und ab wogen.

Und dann die Augen. Wenn ich Henrietta nicht vor mir habe, vergesse ich manchmal fast, wie sie aussehen. Sie sind hell und verstecken sich irgendwie ständig in den Augenwinkeln oder unter dem Lid. Henriettas Blicke sind wie Lichtreflexionen, wie kleine Blitze. Wenn mich so ein Blick zufällig trifft, wenn ich in seine Bahn gerate, möchte ich am liebsten in Ohnmacht fallen, ihn auffangen und abtauchen, wegrennen und nie mehr zurückkehren, alles zugleich.

Soll ich etwas zu ihrem Körper sagen? Henriettas Körper. Wie beschreibt man etwas, von dem man nur eine vage Vorstellung hat? Einen Körper, der allen anderen gleicht und dennoch vollkommen anders ist? Wie sie geht, ein Buch aus ihrem Schließfach nimmt, sich die Jacke anzieht.

Einmal hatte sie ein ganz blaues Auge. So habe ich erfahren, dass sie zum Boxen geht. Vielleicht kommt daher ihr leichter Gang. Ich kenne mich mit Boxen nicht aus, aber lernt man da nicht, um seinen Gegner herumzutänzeln, ist nicht die Beinarbeit unheimlich wichtig? Henrietta bewegt sich leichtfüßig und souverän, ohne zu zögern. So als wäre sie nie müde oder unsicher.

Vor ein paar Wochen haben wir zufällig nebeneinander auf einer Bank gesessen. Am Sporttag an unserer Schule. Wir saßen einfach nur da und warteten auf irgendetwas. Im Normalfall, also hätte irgendjemand anderes neben mir gesessen, hätte ich diesen Moment schon längst wieder vergessen. Von solchen Momenten muss es tausende geben. Zeittransporteure, die man wieder aus seinem Gedächtnis löschen muss, damit das Gehirn nicht von bedeutungslosen Nichtigkeiten überquillt.

Doch diese Minuten meines Lebens sind mir in Erinnerung geblieben. Wir saßen nebeneinander auf der Bank, und das war das Einzige, woran ich noch denken konnte. Dass wir so dicht nebeneinander auf einer Bank sitzen.

Aber nicht dicht genug. Henrietta hatte die Hände auf die Knie gelegt, die Ärmel ihres Pullovers waren ein Stück weit hochgerutscht und man konnte ihre Handgelenke sehen. Ich dachte, ich müsste den Verstand verlieren, wenn ich nicht meine Hand ausstrecken dürfte, um eines dieser Handgelenke zu umfassen und mit dem Daumen über ihre Haut zu streicheln. Aber das habe ich natürlich nicht getan. Und den Verstand verloren habe ich auch nicht. Jedenfalls nicht, soweit ich das beurteilen kann.

Warum also bin ich in sie verliebt?

Warum sollte ich nicht in sie verliebt sein?, frage ich zurück. Es ist mir absolut unerklärlich, warum nicht alle sehen, wie wundervoll sie ist. In anderen Momenten wiederum glaube ich, dass alle bei uns an der Schule in sie verliebt sein müssen. Voller Eifersucht starre ich jeden an, der zufällig gerade mit ihr spricht.

Ach, wie oberflächlich das alles klingt! Als ob ich in Henrietta verliebt wäre, weil ich sie hübsch finde. Ich kenne sie nicht besonders gut. Aber ich besitze eine ansehnliche Sammlung von Henrietta-Erinnerungen, die ich hege und pflege und in regelmäßigen Abständen einer eingehenden Betrachtung unterziehe. Alles, was ich im Zusammenhang mit Henrietta gehört oder gesehen habe, wird abgespeichert und liegt in meiner Erinnerungsdatenbank sicher verwahrt.

Ich bin schon immer in Henrietta verliebt. Manchmal war das Gefühl intensiv und total, dann wieder etwas schwächer. Manchmal dachte ich, ich wäre in jemand anderen verliebt, doch jedes Mal, wenn ich feststellte, dass ich mich geirrt hatte, waren die Gefühle für Henrietta noch da. Man könnte sich fragen, wie ich mir zu einem so frühen Zeitpunkt schon so sicher sein kann. Keine Ahnung. Wie kann ich mir sicher sein, wo wir doch noch nie wirklich miteinander gesprochen haben? Abgesehen von ein paar Worten im Jahr, ein paar Hallos. Natürlich habe ich sie schon mit anderen Leuten sprechen hören. Ich habe sie lachend und wütend erlebt. Wie sie spricht? Sie gehört nicht zu denen, die konstant am Lächeln oder Lachen sind, sie sieht aber auch nie mürrisch aus, nur ernst. Sie ist nicht ständig am Reden, spricht aber mehr als die meisten anderen. Sie ist so eine, der viele zuhören. Selbst wenn man anderer Meinung ist als sie, möchte man gern wissen, was sie denkt.

Eigentlich glaube ich nicht an »die einzig wahre Liebe«. Manche finden diese Vorstellung offenbar romantisch und schön, mich deprimiert der Gedanke bloß. Man stelle sich mal vor, diese »einzig wahre Liebe« gäbe es tatsächlich. Dann würde ich mich doch nur ständig fragen, ob ich wirklich mit der richtigen Person zusammen bin. Und was, wenn man ihr gar nicht erst begegnet? Wenn man sie ganz knapp verpasst, bloß weil man nicht im richtigen Moment zufällig aus dem Fenster schaut. Vielleicht hätte man sie auf genau der Party getroffen, auf die man nicht gehen konnte, weil man einen toten Hamster zu beklagen hatte. Oder die man sich gespart hat, weil man davon überzeugt war, dass sowieso bloß Idioten hingehen würden. Aber egal. Falls es diese einzig wahre Liebe doch geben sollte, dann muss es Henrietta sein. Ich spüre einfach, dass wir zueinander passen. Nicht weil wir uns ähnlich wären. Wir sind uns sogar sehr unähnlich. Zumindest wenn man sich auf die Äußerlichkeiten beschränkt. Und etwas anderes bleibt mir ja wohl kaum übrig.

Sie war schon immer recht wild. In der Grundschule hieß es, sie hätte Hummeln im Hintern und wäre noch nicht richtig schulreif. Die meisten mochten sie aber trotzdem gern, sie war nämlich auf eine sehr liebenswerte Weise frech. Später wurde sie dann eine von denen, über die man zwar redete, die man aber trotzdem respektierte.

Einmal in der Sechsten hat sie zusammen mit einem Jungen ein Moped geklaut. Mit dem sind die beiden dann einen Hang runter und direkt in einen Zaun gerauscht. Henrietta brach sich den Arm und hatte lange einen Gips. Soviel ich gehört habe, war sie diejenige, die für die Reparatur aufkommen musste. Der Junge hat sich weder was gebrochen noch was bezahlt. Aber vielleicht war es ja ursprünglich Henriettas Idee.

Manche wollen sie besoffen gesehen haben und behaupten, sie hätte früh mit dem Feiern angefangen und schon massenhaft Typen gehabt. Verdammt! Ich weiß echt überhaupt nichts über sie! Ist sie tatsächlich so?

In dem Fall wäre ich ihr komplettes Gegenteil. Ich war

noch nie mit jemandem zusammen, gehe nicht feiern und bin gut in der Schule, ich mache meine Hausaufgaben und habe gute Noten. Wenn in der Schule jemand über mich spricht, hört sich das vermutlich so an: »He, wer ist das denn? Muss neu hier sein.« Schätzungsweise kleide ich mich auch entsprechend – unsichtbar. Ich mag meine Klamotten am liebsten blau und grau, trage gern Kapuzenpullis, und außerdem besitze ich eine Reihe schwarze Jeans, die ich abwechselnd trage.

Die einen sind der Meinung, Gegensätze ziehen sich an, die anderen behaupten, Gleich und Gleich gesellt sich gern. Aber ich *weiß* nun mal, dass wir tief in unserem Innersten zueinander passen. Wie zwei Puzzleteile oder wie die Faust aufs Auge oder wie ein Kühlschrankmagnet, der an der Kühlschranktür andockt – nichts dazwischen. Jedenfalls hoffe ich das. Wenn ich gut drauf bin, denke ich so.

Ohne Mut bedarf es flinker Beine

Meine Mutter kommt nach Hause. Fünf Minuten später klingelt das Telefon im Flur erneut. Ich ducke mich, sofern das überhaupt geht, wenn man schon liegt.

Und Tatsache.

»Telefon!«

Meine Mutter steht rufend vor meiner geschlossenen Tür.

»Wer ist dran?«, frage ich und sie steckt den Kopf herein.

»Robin will Möwe sprechen.«

Seufzend mache ich mich auf den Weg zum Telefon.

»In einer halben Stunde gibt's Essen.«

Möwe werde ich schon seit der vierten Klasse genannt. Damals meinte unsere Lehrerin zu mir, ich würde mit meinen Gedanken immer »irgendwo in den Wolken schweben« und ihr nie zuhören. Das stimmte überhaupt nicht, aber was soll's. Die Ermahnung fanden alle irgendwie witzig und in der Pause beim Fußballspielen rief mir jemand Möwe hinterher. Vielleicht fanden die anderen das auch deshalb so lustig, weil ich damals noch bei den Feldbiologen war. Ich ging gern auf Exkursionen, Vögel beobachten. Aus diesem Grund hielten mich die anderen wohl für etwas kauzig. Niemand sonst aus meiner Klasse besaß eine Fjällräven-Jacke und stand sonntagmorgens in aller Frühe auf. Bestimmt bin ich den Namen auch deshalb nicht wieder losgeworden. Eigentlich habe ich nicht direkt was gegen ihn einzuwenden, obwohl es andere Vögel gibt, die ich lieber mag. So was wie Adler würde jedenfalls eindrucksvoller klingen.

»Besser spät als nie«, sagt Robin, als ich den Hörer ans Ohr drücke.

»Wer auf etwas Gutes wartet, wartet nicht vergebens«, kontere ich.

»Warum bist du abgehauen? Ich dachte, du kommst noch mit flippern.«

»Schon.«

»Oder war das nicht der Plan? Ich hab bestimmt zwanzig Minuten vorm *Lyktan* gestanden und auf dich gewartet.«

»Schon«, sage ich noch einmal.

»Was schon? Wolltest du jetzt mit oder nicht? Warum bist du nicht gekommen?«

»Mir war schlecht.«

»Ja nee, is klar«, erwidert Robin.

Er hört, dass ich lüge. Man hört immer, wenn ich lüge.

»Ehrlich. Du weißt doch, dass das bei mir öfter mal so ist. Ich hatte nichts gegessen, ich hätte was von der Suppe essen sollen.«

»Und am Ende durfte ich die Suppe dann …«

»… allein auslöffeln.«

Unsere Unterhaltung gerät ins Stocken. Ich höre, wie jemand bei Robin zu Hause die Eingangstür zuschlägt.

Robin und ich unterhalten uns seit einer Unterrichtsstunde in Schwedisch so. Wir mussten paarweise zusammenarbeiten und uns einen Sketch ausdenken, der die Bedeutung einer bestimmten Redensart erklärte und zugleich veranschaulichte, in welchen Situationen man sie anwenden konnte. Martin und ich bekamen die hier: »Wer andern eine Grube gräbt, fällt selbst hinein.« Martin legte eine Bananenschale auf den Boden, auf der ich dann zum Schein ausrutschte, und daraufhin brach er in so wildes und schallendes Gelächter aus, dass er sich am Ende vor lauter Entkräftung selbst wehtat. Su. Per. Lus. Tig. Aber unsere Lehrerin fand es großartig. Und Robin war total aus dem Häuschen und hat sich alles gemerkt. Ein paar aus unserer Klasse haben mitgemacht, und von da an haben wir fast nur noch mit Redensarten um uns geworfen, egal ob sie gerade passten oder nicht.

Einmal, als unser Sportlehrer Micke zu spät kam, meinte Simon: »Der Bauer vermisst seine Kuh erst, wenn der Stallplatz leer ist.« Wir fanden das unglaublich witzig, aber Micke war mächtig sauer. Er leidet wegen seines Bauches wohl an einem kleinen Komplex, er zieht ihn beim Gehen nämlich immer ein, und vielleicht dachte er, wir fänden ihn dick.

Die meisten haben nach einer Weile wieder damit aufgehört, und inzwischen sind nur noch Robin und ich voll dabei. Vor allem Robin. Er hat ein Buch über Redensarten gefunden, und ständig kommt er mit neuen an, die er auswendig gelernt hat.

»Vielleicht können wir ja morgen eine Runde flippern oder so«, sage ich nach einer Weile.

Robin antwortet nicht. Im Hintergrund höre ich seine Mutter »Hallo!« rufen, aber auch darauf reagiert er nicht.

»Wir können morgen flippern«, wiederhole ich papageienhaft.

»Lieber ein ehrliches Nein als ein halbherziges Ja«, sagt Robin schließlich und legt auf.

Ich gehe wieder in mein Zimmer und schließe die Tür. Warum konnte ich ihm nicht einfach erzählen, was wirklich passiert ist, anstatt ihm solche idiotischen Lügen aufzutischen? Weil ich feige bin. Darum.

Robin und ich sind schon seit der Grundschule befreundet. Vielleicht, weil wir beide Tiere gernhatten. Ich weiß es nicht mehr. Hin und wieder werde ich von Mädchen gefragt, ob Robin vergeben ist und ich mal nachhaken könnte, ob er Interesse hätte. Hat aber noch nie zu was geführt. Robin ist ein bisschen zu dünn und schmächtig, als dass er zu den Jungen gehören würde, auf die alle Mädchen fliegen, aber *irgendetwas* hat er, so viel habe ich begriffen. Seine Haare sind tiefbraun, fast schwarz, die Augen schmal und dunkel, und sein abwesender Blick macht ihn offensichtlich wahnsinnig spannend. Anscheinend muss man nur halbwegs desinteressiert und zerstreut wirken, um irre attraktiv zu sein. Und bei ihm ist das nicht einmal gespielt, er ist einfach so.

Viel Zeit, um auf dem Bett herumzuliegen und meine Lügen zu bereuen, bleibt mir nicht. Das Abendessen ist fertig, mein kleiner Bruder Ville platzt herein und zerrt mich in die Küche. Mein Vater ist inzwischen auch zu Hause. Es gibt Würstchen mit Kartoffeln.

»Iss jetzt, etwas anderes gibt es nicht«, sagt Papa zu Ville. Ville mag keine gekochten Kartoffeln.

»Warum zwingt ihr ihn, etwas zu essen, von dem ihr genau wisst, dass es ihm nicht schmeckt?«, frage ich. »Er kann doch zwischendurch auch mal Nudeln bekommen.«

»Er muss lernen, alles zu essen«, erwidert mein Vater.

»Ich kann nicht ständig für jeden eine Extrawurst braten«, mischt sich meine Mutter ein.

»Aber Papa isst doch auch nicht alles«, gebe ich zurück. »Er isst zum Beispiel nie mit, wenn du Pfannkuchen machst.«

»Pfannkuchen sind kein richtiges Essen«, sagt Papa.

»Iss jetzt eine Kartoffel, Ville«, sagt Mama. Und dann, an meinen Vater gerichtet: »Ich begreif nicht, warum er in letzter Zeit so schwierig ist.«

Ich stehe auf und lasse meinen Teller halb voll stehen.

»Ihr seid so was von unmöglich«, sage ich. »Ihr habt sie doch nicht mehr alle!«

So geht es bei uns zu. Nett, was?

Als ich allein in meinem Bett liege, kann ich die Gedanken an das, was heute passiert ist, nicht länger beiseiteschieben. Den Grund, weshalb ich in der Schule die Flucht ergriffen und am Telefon geschwiegen habe und weshalb ich Robin anlügen musste.

Es war am Nachmittag. Ich stand an meinem Schließfach und versuchte mich daran zu erinnern, ob wir irgendwelche Hausaufgaben hatten, als Henrietta zu mir kam und meine Hand nahm.

Ich wiederhole: Henrietta kam zu mir und nahm meine Hand.

Sie stand nur wenige Zentimeter von mir entfernt. Die meisten waren schon gegangen, nur Gustav, Sebastian und Elin standen noch ein paar Schließfächer von uns entfernt. Darüber dachte ich in dem Moment allerdings nicht wirklich nach. Meine ganze Aufmerksamkeit war auf diesen Körper gerichtet, auf diesen Menschen, den ich bisher nur aus mehreren Metern Abstand gekannt hatte und der jetzt nur wenige Zentimeter vor mir stand. Sie griff einfach nach meiner Hand und redete drauflos. Sie schenkte mir einen ihrer flüchtigen Henrietta-Blicke aus dem Augenwinkel. Ihrem Mund entströmten Wörter, und jetzt im Nachhinein bin ich mir gar nicht mehr ganz sicher, ob ich mich richtig erinnere, aber es kam mir so vor, als würde sie die Worte so laut rufen, dass sie sich in mein Hirn einbrannten und die Luft des gesamten Korridors füllten. Sie sagte:

»Ich hab gehört, du bist in mich verliebt. Wollen wir mal ’nen Kaffee trinken gehen?«

Wenn der Mensch, in den du schon seit Jahren verliebt bist, mit dem du aber noch nie wirklich ein Wort gewechselt hast, zu dir käme und so etwas zu dir sagte, was würdest du da tun? Vermutlich würdest du die Person anlächeln, eure Blicke würden sich treffen und ihr würdet lachen vor lauter Vorfreude auf all das Weiche und Wunderbare, das euch bevorsteht. Vielleicht würdest du für einen Moment mit dem gebührenden Maß an Verlegenheit zu Boden sehen, doch dann würdest du nicken. Ihr würdet Hand in Hand in ein gemütliches Café gehen und euch irgendwo in der hintersten Ecke in ein Sofa sinken lassen. Und dort würdet ihr einfach sitzen und euch tief in die Augen schauen.

Genau. Und dann würdet ihr für immer und ewig zusammenbleiben.

Bei mir ist der Fall etwas anders gelagert. All die Jahre, in denen ich aus der Ferne in Henrietta verliebt war, haben dazu geführt, dass ich einfach nicht damit klarkam, als sie plötzlich so dicht vor mir stand. Und das soll man mir jetzt glauben?

Wenn Henrietta tatsächlich schon so viele Typen hatte, weshalb sollte sie sich dann ausgerechnet für mich interessieren? Und wenn sie sich für mich interessiert, bin ich vielleicht bloß ein amüsanter Zeitvertreib für sie, auf den dann wieder reihenweise andere Typen folgen. Wer sagt mir denn, dass nach mir niemand mehr kommt? Vielleicht braucht sie ja nur ein bisschen Abwechslung. Oder sie sieht in mir so eine Art Kumpel und findet es cool, jemanden kennenzulernen, der in sie verliebt ist. Und dann auch noch jemanden wie mich.

Nein danke, sage ich da. Vielen Dank fürs Angebot, aber das ist mir alles viel zu unsicher.

Als Henrietta das zu mir sagte, muss ich sie angeglotzt haben, als verstünde ich nur Bahnhof. Dann zog ich meine Hand zurück und drehte mich wieder meinem Schließfach zu, nahm ein Buch heraus, schloss ab und ging. Schnell. So schnell ich konnte. Ohne einen Blick zurück.

Und als ich endlich zu Hause war und mich in Sicherheit wähnte, rief sie an! Ich konnte nichts sagen, wirklich nicht. Wenn ich gewusst hätte, dass sie das ist, die da anruft, wäre ich nicht einmal rangegangen.

Und jetzt liege ich in meinem Bett und bereue es. Ich bereue es so sehr, dass ich in meine Decke beißen muss, damit ich nicht schreie. *Ich hab gehört, du bist in mich verliebt. Wollen wir mal 'nen Kaffee trinken gehen?* Ich bin nicht die coole Sau, die einfach auf so etwas antworten kann. Das kann ich nicht. Vielleicht nur gut, denke ich, wahrscheinlich passen wir sowieso nicht zusammen. Wenn sie ein Mensch ist, der einfach zu jemandem hingeht und mit solchen Sachen herausplatzt und darauf dann auch noch eine adäquat formulierte Antwort erwartet, kann ich sie auch gleich vergessen. Jedenfalls hatte sie bestimmt nicht damit gerechnet, dass ihr Gegenüber in einen Spind abtaucht und krampfhaft ihrem Blick ausweicht.

Ich hab gehört, du bist in mich verliebt.

Mir dämmert, wie das alles zusammenhängt.

Genau genommen habe ich nämlich zwei Freunde. Robin – und Rebecka. Rebecka kenne ich eigentlich erst seit der siebten Klasse, trotzdem habe ich das Gefühl, dass sie mich besser kennt als Robin. In Robins Gesellschaft kann ich mich entspannen. Mit Rebecka ist es eher wie Achterbahnfahren. Sie macht mich abwechselnd unglaublich froh und unglaublich wütend. Und alles, was heute passiert ist, ist natürlich ihre Schuld. Sie ist die Einzige, die Bescheid weiß. Wenn sie doch nur einmal im Leben ihre Klappe halten könnte und nicht immer alles herausposaunen würde, was ihr im Kopf herumschwirrt. Deshalb stehe ich auf und krame mein Handy raus. Rebecka ist sofort dran.

»Bist du sauer?«

»Ist dir klar, was du getan hast?«

»Sie hat was gesagt, stimmt's? Bist du sehr wütend? Tut mir leid. Es ist mir einfach so rausgerutscht.«

Ich bin sauer. Mir fehlen die Worte. Nicht zum ersten Mal an diesem Tag.

»Klar bin ich sauer«, antworte ich. »Stinksauer. Kannst du eigentlich nie deine Klappe halten?!«

»Nein, anscheinend nicht«, seufzt sie. »Ich kann meine Klappe einfach nicht halten.«

Ich sage nichts.

»Sorry?«, sagt sie, und ich seufze.

Sie ist das einzige Mädchen, mit dem ich befreundet bin. Ich mag sie. Aber wie oft habe ich mich nicht schon selbst daran erinnern müssen, dass ich sie wirklich mag. Trotz allem. Nicht dank allem.

»Morgen schwänzt du mit mir«, sage ich. »Wir treffen uns um neun vorm *Lyktan*.«

»Geht's nicht ein bisschen später?«, fragt sie. »Wo wir doch sowieso schwänzen?«

»Morgenstund hat Gold in der Klappe«, erwidere ich und lege auf.

Es tut gut, dass ich mich hinlegen und schlafen kann und der Tag damit endlich vorbei ist.

Wer solche Freunde hat, braucht keine Feinde mehr

In den Sommerferien zwischen der sechsten und der siebten Klasse sind wir raus aufs Land gezogen. In das Haus, das wir von meinen Großeltern, also den Eltern meiner Mutter, geerbt hatten. Na ja, meine Eltern mussten den Rest der Verwandtschaft schon irgendwie ausbezahlen. Zuerst dachten sie, wir könnten uns das nicht leisten, aber bis jetzt scheint alles glattgelaufen zu sein. Jedenfalls konnte ich weiter in meine alte Klasse gehen, und das war für mich die Hauptsache.

Ich bin nicht unbedingt die geselligste Person auf Erden, und neue Leute kennenzulernen gehört nicht zu meinen Lieblingsbeschäftigungen. Als ich auf dem Gymnasium anfing, ließ sich das trotz allem nicht vermeiden. Aber zum Glück gehen Robin und Rebecka in meine Klasse. Robin wohnt in der Innenstadt und Rebecka in Skogsnäs, also zwischen der Stadt und mir. Ich kann nicht gerade behaupten, dass ich irgendwelche Anstrengungen unternommen hätte, die Leute hier aus der näheren Umgebung kennenzulernen.

Das Beste daran, dass wir jetzt hier wohnen, ist, dass ich

im Keller meine eigene Dunkelkammer bekommen habe, wo ich meine Fotos entwickeln kann. Und dass wir mehr Platz haben. Man hat ein bisschen mehr seine Ruhe. Und wenn ich es mir genau überlege, gefällt mir auch die Nähe zum Wald. Sozusagen ideal für ehemalige Feldbiologen.

Blöd sind die Wochenenden. Wenn man auf dem Land wohnt und sich mit Freunden treffen will, hat man folgende Möglichkeiten: Entweder man schwingt sich auf sein Fahrrad, sofern man sich dazu aufraffen kann, oder man nimmt den Bus in die Stadt, oder aber man belatschert so lange seine Eltern, bis sie einen fahren. Aber ziemlich häufig bin ich an den Wochenenden allein. Robin anzurufen erübrigt sich meistens. Zu ihm kann ich sowieso nicht hinradeln, das dauert zu lange. Rebecka hingegen kommt öfter mal vorbei. Sie fährt mit dem Rad. Sie sagt, das lüfte den Kopf.

Am schlimmsten ist aber eigentlich, dass man morgens so früh rausmuss, damit man den Bus erwischt. Heute jedoch schlafe ich aus und nehme nicht den frühen Bus wie sonst, sondern den nächsten.

Im Stadtzentrum steige ich aus. Als ich Rebecka um kurz nach neun vor dem *Lyktan* in die Seite knuffe, sieht sie noch nicht so richtig wach aus. Allerdings sieht Rebecka bis nach der Mittagspause eigentlich nie wach aus. Ihrer Aussage nach liegt das daran, dass sie ein Nachtmensch ist. Sie sei für die Nacht geschaffen und müsse tagsüber schlafen.

Und sie *ist* ja tatsächlich auch nachts wach, das ist nicht nur so dahingesagt. Ich schätze mal, sie schläft die Wochenenden durch, damit sie das packt. Ich wäre auch gern ein Nachtmensch, aber dann würde ich morgens zur Schule nie in die Gänge kommen.

Mustergültig, was?

Rebecka trägt ihren schwarzen Riesenanorak und den langen, gestreiften Schal. Die Schultern hat sie bis unter die Ohren hochgezogen, sie friert.

»Ich brauch Kaffee«, ist das Erste, was sie zu mir sagt.

Also gehen wir ins *Jannis*. Dort sitzen bereits ein paar Männer in Arbeitsoveralls bei ihrer Brotzeit, in einer Ecke verarbeitet ein alter Mann seine Kekse zu Krümeln. Wir setzen uns an den Tisch, der von den anderen am weitesten entfernt ist.

»Und jetzt willst du also überhaupt nicht mehr in die Schule?«, fragt mich Rebecka, und ich weiß nicht, was ich darauf antworten soll. Sie möchte witzig klingen. Dabei sollte sie sich schämen und mir lieber erklären, warum sie das gemacht hat.

»Nein, du hast schließlich dafür gesorgt, dass ich die Schule wechseln muss, wenn das nicht schon alles an Bildung in meinem Leben gewesen sein soll«, erwidere ich.

»Du bist sauer, stimmt's?«

So langsam geht sie mir damit auf die Nerven.

»Ja, was dachtest du denn?«

Wir trinken schweigend unseren Kaffee.

Schließlich kann ich mich nicht länger bremsen. Ich bin wütend, aber auch neugierig.

»Was hast du zu ihr gesagt?«

»Das war vor Französisch. Henrietta und ich waren die Ersten, und da haben wir uns ein bisschen unterhalten, bis die anderen kamen.«

Rebecka kann ihre Zufriedenheit mit sich selbst nicht verbergen. Das macht mich nur umso wütender.

»Vielen Dank auch, dass du nicht noch auf den Rest der Klasse gewartet und es dann vor versammelter Mannschaft rausposaunt hast«, sage ich.

»Bitte schön«, antwortet Rebecka, als hätte sie die Ironie in meiner Stimme nicht gehört.

»Und was hast du jetzt genau gesagt? ›Ach übrigens, Möwe ist total verknallt in dich, nur mal so am Rande.‹«

»Ja, irgendwas in der Art. Nee, aber als ich meinen Ordner aus der Tasche gezogen habe, ist ihr Blick darauf gefallen. Sie wollte ihn sich mal ansehen, was sie dann auch durfte, und da habe ich ihr halt erzählt, dass das Foto von dir ist.«

»Oh, bitte nicht«, stöhne ich und lasse den Kopf auf die Tischplatte sinken.

»Doch, und dann habe ich sie gefragt, ob sie weiß, wer du bist, und sie meinte ›Na klar‹, und so kam halt eins zum andern.«

»Wie?! *So kam halt eins zum andern*?«

»Ich hab ihr schlicht und ergreifend gesagt, dass ich glaube, du wärst in sie verliebt«, sagt Rebecka.

»Schlicht und ergreifend?«

»Schlicht und ergreifend.«

»Oh, bitte nicht«, sage ich erneut und winde mich auf meinem Stuhl. »Du hast sie doch nicht mehr alle, du hättest mich wenigstens vorher fragen können!«

»Als ob du dann gesagt hättest: ›Klar, mach das! Spitzenidee!‹«

»Nee, eben nicht. Wenn du eh schon wusstest, dass ich Nein sagen würde, hättest du's dir doch auch einfach sparen können?«

Ich merke, wie sich mein Hals zuzieht und immer dicker wird. Ich kann die anderen schon vor mir sehen, wie sie zusammensitzen und sich darüber schlapplachen, dass ich verliebt bin.

»Denkst du, ich hätte auch nur einen Ton gesagt, wenn ich nicht davon ausgehen würde, dass sie Interesse hat? Ganz so unsensibel bin ich jetzt auch wieder nicht.«

»Aber fast.«

»Mensch, so langsam kann ich's halt einfach nicht mehr mit ansehen, wie du Henrietta seit ewigen Zeiten anhimmelst, jedes Mal wie zur Salzsäule erstarrst, wenn sie am Horizont auftaucht, und nie mal aktiv wirst. Wenn ich nicht die Initiative ergriffen hätte, würdest du sie wahrscheinlich weiter aus der Ferne anschmachten, bis sie irgendwann jemand anderen kennenlernt. Obwohl sie in dich verliebt war. Du musst dich doch zeigen! Wie soll man sich in dich verlieben, wenn du nie den Mund aufmachst und immer nur dastehst, als müsstest du dich für deine Existenz auch noch entschuldigen?«

»Jetzt bist du gemein«, sage ich und überlege, ob sie nicht recht hat.

»Irgendjemand musste die Karten doch mal auf den Tisch legen und was unternehmen, wo du aus deiner Haut nun mal nicht rauskannst.«

»Hat man mir das so deutlich angemerkt?«, frage ich.

Rebecka überlegt eine Weile.

»Nein, eigentlich nicht. Wahrscheinlich hab nur ich es bemerkt, mit meinen hypersensiblen Antennen und weiblichen Gefühlssensoren. Und vielleicht fallen mir solche Dinge auch deshalb auf, weil ich mich selbst nie verliebe.«

Wir sitzen schweigend da.

»Wir sind Freunde, ich sehe dich doch fast jeden Tag!«, fährt sie fort.

Wieder Schweigen.

»Und was hat sie nun gesagt, als sie zu dir hin ist?«, will Rebecka endlich wissen.

»Sie hat mich gefragt, ob wir mal 'nen Kaffee trinken gehen«, antworte ich.

Rebecka klatscht in die Hände.

»Wusste ich's doch! Sie ist sehr wohl interessiert, na dann mal ran an den Speck!«

»Ran an den Speck«, wiederhole ich wie ein Echo.

»Und wann geht ihr jetzt Kaffee trinken?«, fragt Rebecka in der festen Überzeugung, sie hätte nun sämtliche Probleme gelöst.

Ich mache ihr klar, dass wir überhaupt nicht Kaffee trinken gehen werden und dass es völlig schnuppe ist, ob Henrietta das wollte, weil ich vermutlich sowieso nie mehr in die Schule gehen werde, nachdem Rebecka mich für alle Ewigkeit bloßgestellt hat. Und wenn Henrietta je tatsächlich mit mir ausgehen wollte, dann ohnehin bloß aus Nettigkeit, wie unter Kumpels.

Rebecka seufzt. Ihretwegen solle ich mir die Chance meines Lebens ruhig entgehen lassen, wenn ich das unbedingt wollte. Sie jedenfalls würde mir künftig nicht noch mal helfen.

Dafür danke ich ihr.

Bei allen anderen scheint alles so einfach zu sein, so selbstverständlich. Erst verliebt man sich in jemanden, und wenn man Glück hat, wird die Liebe auch erwidert. Ja, und dann wird man eben ein Paar. Händchen halten, rumknutschen, fummeln und dann Sex. Rund um die Uhr telefonieren, sich in der Stadt treffen, über alles reden, die andere Familie kennenlernen, auf Ausflüge mitgehen, Interrail. Ist es wirklich so einfach? Nicht für mich. Nicht für mich.

Anschließend haben wir nichts weiter vor. Wir drehen eine Runde durch die Stadt und hören uns ein paar Platten an. Rebecka will noch in die Bib, Gedichtbände ausleihen, also gehen wir dorthin. Man sollte es eigentlich nicht glauben, Rebecka kann zwar ganz schön ungehobelt und gefühllos sein, aber sie liebt Lyrik. Sie liest fast nur Gedichte und schreibt auch eine ganze Menge selbst, und die trägt sie mir dann regelmäßig nachts am Telefon vor.

»Außer dir weiß mich als Dichterin niemand zu schätzen«, sagt sie ganz häufig.

Wir sind echt die totalen Nerds.

Ich entdecke ein Buch mit dem Titel *Über Boxen*. Beim Durchblättern stolpere ich über all jene Wörter, die man immer wieder mal hört: Weltergewicht, Jabs, Knock-out, Ring, Aufwärtshaken. Mike Tyson soll gesagt haben: »Ich versuche, die Nasenspitze meines Gegners zu treffen. Ich will ihm das Nasenbein ins Gehirn treiben.« Sympathischer Typ. Sein Name ist mir immerhin schon mal bekannt und ich weiß, dass er Boxer ist. Ansonsten weiß ich nicht viel.

Ich beschließe, mir das Buch auszuleihen.

»Hallo, hast du wieder was Schönes gefunden?«, fragt die Bibliothekarin und strahlt bei Rebeckas Anblick über das ganze Gesicht.

Man merkt, dass Rebecka hier Stammkundin ist. Und dass hier offensichtlich nicht so viele Mädchen vom Gymnasium regelmäßig vorbeikommen und sich Woche für Woche einen Stapel Gedichtbände ausleihen.

»Mal sehen«, sagt Rebecka. »Diese Ann Jäderlund, die ich mir letzte Woche ausgeliehen habe, war saumäßig gut. Ich hab kein Wort verstanden.«

Die Bibliothekarin lächelt beglückt.

Nerds. Sag ich ja.

Wieso sollte sich Henrietta auch nur im Geringsten für mich interessieren? Was sollte an mir schon groß spannend sein? Ich treibe keinen Sport und spiele in keiner Band, ich bin nicht besonders weit herumgekommen und habe kaum eine Vorstellung davon, was sonst so angesagt ist. Meine beiden engsten Freunde sind genauso seltsam wie ich. Die eine lässt die übelsten Peinlichkeiten vom Stapel und schwärmt für Lyrik, der andere kommuniziert über Redewendungen und interessiert sich ansonsten bloß für seine beiden Echsen.

Und ich? Ich fotografiere. Als meine Oma starb und wir ihre und Opas Sachen durchsahen, entdeckte ich in einer Kiste eine alte Spiegelreflexkamera. Ich nahm sie heraus, und sie lag sofort total stabil und gut in meiner Hand. Ich schaute durch den Sucher und drehte ein wenig am Objektiv. Ich hatte davor noch nie ein Foto gemacht, spürte jedoch auf Anhieb, dass ich hier etwas für mich gefunden hatte. Aus der Verwandtschaft wollte die Kamera niemand haben, also bekam ich sie.

Einige Wochen später fiel meiner Tante Elise ein, dass Opa seine Bilder immer selbst entwickelt hatte. Auf dem Dachboden fanden wir ein Vergrößerungsgerät und Kartons voller Fotopapier samt Wannen und allem möglichen anderen Zubehör. Ich war fünf, als mein Opa starb, und habe nicht die geringste Erinnerung an ihn. Deshalb ist es ein schönes Gefühl, dass seine Fotosachen nun an mich übergegangen sind und ich sie sozusagen am Leben erhalte. Noch schöner wäre es gewesen, wenn er mir auch hätte zeigen können, wie alles funktioniert. So hat mir Elise geholfen, so gut sie eben konnte, und in der Achten gab es sogar mal einen Projekttag, an dem wir uns im Fotografieren und Entwickeln versuchen durften.

Die meisten Aufnahmen habe ich im Freien gemacht, von der Natur, einem alten Autowrack und von Larssons Kühen. Ich würde so gern Menschen fotografieren. Solche Bilder sehe ich mir selbst am liebsten an. Aber das muss man sich erst mal trauen, mitten in der Stadt die Kamera zu zücken und wild um sich zu knipsen. So was macht die Leute nervös, vermutlich würde man fast weniger Aufmerksamkeit erregen, wenn man sich laut schreiend auf dem Marktplatz aufbaute. In dem Fall würden die Leute wahrscheinlich so tun, als ob sie einen nicht sähen.

Mit der Hilfe meines Vaters habe ich mir in einem kleinen Raum neben der Waschküche, der früher mal eine Speisekammer war, eine Dunkelkammer eingerichtet. Seitdem sie fertig ist, verbringe ich ziemlich viel Zeit dort unten. Manchmal komme ich raus, und im ganzen Haus ist das Licht aus und es ist schon viel später, als ich dachte. Beim Entwickeln vergeht die Zeit wie im Flug. Vielleicht mache ich es ja deshalb so gern. Und weil ich den Geruch der Entwicklerflüssigkeit mag und es liebe, den Bildern dabei zuzusehen, wie sie im rötlichen Licht der Lampe allmählich auf dem Fotopapier zum Vorschein kommen. Das ist meine Welt. Dort drinnen hab ich meine Ruhe.

Nicht einmal Ville wagt es, die Tür zu öffnen. Nicht seitdem er sie einmal sperrangelweit aufgerissen und damit ein paar Bilder und einen Stapel Fotopapier zerstört hat. Das gab einen mega Anschiss. Hinterher hatte ich ein superschlechtes Gewissen, weil ich so wütend geworden war, weshalb ich massenweise Fotos von seiner Kuscheltiersammlung gemacht und sie für ihn entwickelt habe. Er war selig vor Glück und ich fand die Bilder auch richtig cool. Nur eben auf eine andere Weise als er.

Manche dieser Tiere sehen wirklich total krank aus. Wenn man schon mal einen dieser Horrorfilme gesehen hat, so einen mit verrückt gewordenen Puppen und Messern und Kinderzimmern, die sich plötzlich im Kreis drehen, wird man beim Anblick dieser Fotos schlagartig wieder daran erinnert. Kalte, starre Blicke, eingefrorene Bewegungen, falsche Sicherheit, und hat nicht die Puppe dort drüben gerade mit dem Mundwinkel gezuckt? Tja, Rebecka fand die Bilder auch gut und hat mir eins aus den Rippen geleiert, damit sie es auf ihren Ordner kleben kann. Und genau dieses Foto hat nun also Henrietta zu Gesicht bekommen. Was, wenn sie nicht versteht, was ich mir dabei gedacht habe? Wenn sie denkt, ich würde immer noch mit Teddys spielen? Wie pervers. Ich frage mich, ob Rebecka das Ganze ein wenig erläutert hat. Wohl eher nicht.

Außerdem mag ich Vögel. Allerdings gehe ich sie nicht mehr so häufig in freier Natur beobachten. Soll heißen, ich habe bei den Feldbiologen aufgehört. Irgendwann fühlte ich mich dort fehl am Platz. Keine Ahnung, woran es lag. Wohl vor allem an vier Leuten, die immer zusammengluckten und bestimmen mussten, wie alles sein sollte und was wichtig war. Und natürlich traute ich mich nicht, ihnen zu widersprechen oder andere Dinge vorzuschlagen.

Wer verliebt sich bitte schön in ehemalige Feldbiologen, die Kuscheltiere fotografieren?

Wo die Liebe hinfällt

Anfangs läuft alles prima, alles ist wie immer. Es regnet in Strömen, weshalb Robin und ich die Mittagspause in der Cafeteria verbringen.

Ehrlich gesagt glaube ich, Robins Mutter kauft ihm noch immer seine Klamotten. Und legt ihm hin, was er anziehen soll. Heute zum Beispiel trägt er ein hellblaues Hemd und Hosen mit Bügelfalte. Er ist immer tadellos gekleidet, so als ginge er nach der Schule noch auf eine Familienfeier. Aber weil er sich dessen nicht bewusst ist und immer so verstrubbelt aussieht, wirkt es nie affektiert oder arrogant. Eigentlich hat seine Mutter einen ganz guten Geschmack, wenn auch ein bisschen altmodisch. Man merkt, dass sie viel Geld hat. Sie macht irgendwas in der Computerbranche. Robin interessiert sich nicht die Bohne für Computer und Technik. Er hat nicht mal ein Handy.

Wir hören uns Mats' und Daniels Saufgeschichten vom Wochenende an. Ich verrate an dieser Stelle mal, wie viele Partys ich zu verzeichnen habe: ein erbärmliches Schulfest und ein paar harmlose Klassenfeste in der Unterstufe.

Jedenfalls hatten Mats und Daniel eine Party aufgetan, die ein paar reiche Mädels organisiert hatten. Dort hatten sie sich so erfolgreich mit literweise kostenlosem Alkohol vollgekippt, dass sie am Ende die Besoffensten von allen waren. Sie hatten versucht, Stereoanlage und Tanzfläche zu kapern, und nachdem sie dann auch noch einen großen Lampenfuß aus Porzellan demoliert hatten, wurden sie zu guter Letzt an die Luft gesetzt. Es klang, als hätte den Mädels ein etwas zivilisierterer Verlauf ihrer Feier vorgeschwebt. Auf dem Nachhauseweg war Mats in eine Baustellengrube gestürzt, worüber sich Daniel so lange schlapplachte, bis er seinerseits in ein Gebüsch reihern musste.

»Wer nicht kotzt, säuft nicht am Limit«, bemerkt Robin.

»Wer schläft, sündigt nicht«, kontere ich.

»Ach, haltet doch die Fresse!«, motzt Daniel uns an.

Wir können ganz schön nerven. Ich weiß.

Als es zur nächsten Stunde läutet, stehen wir auf und begeben uns in Richtung Gemeinschaftskunde.

Wir sind auf dem Weg zum Klassenzimmer, als es passiert. Ich fühle mich befreit, weil ich Henrietta den ganzen Tag noch nicht gesehen habe und auch sonst nichts Unvorhergesehenes passiert ist. Doch als wir den Korridor entlanggehen, steuert sie direkt auf mich zu, und ich sitze in der Falle. Ich würde ein einigermaßen seltsames Bild abgeben, wenn ich meinem ersten Impuls folgend auf dem Absatz kehrtmachen und einfach abhauen würde. Das geht nicht. Nicht schon wieder.

Wir kommen uns immer näher. Sie trägt einen grau gestrickten Rollkragenpullover. Hübsch sieht sie darin aus. Den Blick hat sie auf ein paar Zettel in ihrer Hand gerichtet. Ich will wegsehen, doch nicht einmal dazu bin ich in der Lage. Als uns nur noch wenige Meter trennen, blickt sie auf und sieht mir geradewegs in die Augen. Und dann flirtet sie, genauer gesagt zwinkert sie mir zu! Ein guter alter Flirt! Und schon ist sie an mir vorbei. Schnell schiele ich zu Robin rüber, doch er scheint nichts mitbekommen zu haben.

»Hast du das gesehen?«, frage ich, bevor ich es mir anders überlegen kann.

»Was?«

»Ach, nichts.«

Ich überlege, wie ich das Thema wechseln kann. Das letzte Stück zum Klassenzimmer gehen wir schweigend nebeneinanderher. Robin hat die Sache wahrscheinlich sofort wieder vergessen. Es muss schon etwas außerordentlich Merkwürdiges vorfallen, um ihn aus der Reserve zu locken. Ihn lässt alles kalt. Außer seine Echsen sind krank. Ich wünschte, ich könnte die Dinge genauso gelassen sehen wie er. Einfach alles mit einem Achselzucken quittieren. Wie als dieses Gerücht umging, dass man uns vor den Sommerferien eine zusätzliche Woche Schule aufbrummen wollte, wegen irgendeines Streiks. Sämtliche Schüler waren stinkwütend und wollten sich weigern. Nur Robin fand, dass wir alle übertrieben.

»*Kein Lehrer hat Lust, in seinen Sommerferien zu arbeiten*«, sagte er, und genau so war es. Ich frage mich, was Robin vor dem Einschlafen so durch den Kopf geistert. Wahrscheinlich liegt er noch nicht einmal wach.

Zu Hause angelangt, kann ich kaum glauben, dass es wirklich passiert ist. Alles ging so schnell. Vielleicht hatte sie ja was im Auge? Was will sie von mir? Sie kann ja wohl kaum erwartet haben, ich würde zurückzwinkern. Bestimmt bin ich knallrot angelaufen. Der Zwischenfall will mir nicht mehr aus dem Kopf. Er wird in meinem Henrietta-Archiv in dem Ordner mit den Fragezeichen abgelegt. Was wird sie beim nächsten Mal tun? Sich auf mich stürzen und losknutschen? Mich in den Oberschenkel kneifen? Oder in den Hintern zwicken?

Und dann muss ich an die Sache mit dem Sex denken. Logisch. Lässt sich schließlich kaum vermeiden. Aber eigentlich kann es doch nur peinlich werden, oder? Alle reden davon, alle scheinen darauf hinzufiebern, aber ist es in Wirklichkeit auch so toll? Einmal wurde ich schon geküsst, aber was habe ich dabei empfunden? Die Atemzüge eines anderen Menschen auf meinem Gesicht. Lippen, ja okay, Lippen, aber sonst? Nichts Besonderes. Das war im Übrigen auf besagtem Schulfest in der Achten. Ich habe wirklich versucht, mich glücklich und besonders zu fühlen. Schließlich wird nicht jeder gleich auf der ersten Party seines Lebens geküsst. Aber nichts in mir schrie nach »Mehr!«.

Und dann auch noch Sex. Wie soll man dabei an irgendetwas anderes denken als daran, ob man alles richtig macht? Ob man Mundgeruch hat und ob man es zu heftig angeht oder zu soft? Ob man sich blöd anstellt oder langweilig ist, und soll man jetzt reden oder lieber nicht? Ich habe keine Ahnung, wie man das Ganze dabei auch noch genießen und schön finden soll.

Und falls ich eines Tages je doch mit einem Mädchen im Bett landen sollte, würde sie sofort merken, dass ich absolut keine Erfahrung habe. Und damit meine ich: Absolut. Keine.

Erfahrung. Allein bei dem Gedanken daran würde ich mich am liebsten in einem tiefen dunklen Loch verkriechen.

Und dann dieses ganze Gerede darüber. Ständig müssen alle darüber reden. Was würden die anderen sagen, wenn sie es erfahren? Also falls Henrietta und ich nun aller Wahrscheinlichkeit zum Trotz doch ein Paar werden sollten? Was würden sie sagen?

»Habt ihr's getan?«, »Wer lag oben?«, »Sag Bescheid, falls du Hilfe mit ihr brauchst, hehe.«

Never.

So weit wird es nicht kommen.

Abends ruft mich Rebecka an.

»Endlich! Jetzt bin ich verliebt!«

Ich gratuliere ihr und erkundige mich, wer der Glückliche ist.

»Mr Rochester.«

»Wer?«, frage ich. »Soll *Mr* sein Name sein?«

»Mr R, er ist dunkel und geheimnisvoll, so ein bisschen düster.«

»Ein Austauschstudent?«

»Um Himmels willen, nein! Ein Typ aus einem Buch, aus *Jane Eyre* von Charlotte Brontë.«

»Du kannst doch nicht allen Ernstes in einen Typen aus einem Buch verknallt sein!«

»Er sieht unglaublich gut aus, aber ich befürchte, er misshandelt seine Frau.«

»Und wann trefft ihr euch?«

»Na jetzt. Er liegt schon neben mir im Bett.«

Ich muss seufzen.

»Bei dir würde es auch keinen Unterschied machen, wenn du in jemanden aus einem Buch verknallt wärst«, sagt Rebecka auf einmal. »So wenig, wie bei dir im wirklichen Leben passiert!«

Ich antworte nicht, und Rebecka sagt nichts weiter dazu. Wir sprechen noch eine Weile über etwas anderes, bevor wir uns eine gute Nacht wünschen.

»Sei vorsichtig mit deinem gewalttätigen Ehemann«, sage ich.

»Keine Sorge, den hab ich im Griff«, erwidert Rebecka. »Sollte er irgendwas versuchen, darf er die Nacht auf dem kalten Boden verbringen.«

Von dem Flirt habe ich ihr nichts erzählt. Ich bin mir ja nicht einmal sicher, ob ich überhaupt richtig gesehen habe. Außerdem hätte Rebecka mich dann bloß noch mehr unter Druck gesetzt. Was weiß denn schon ein Mädchen, das sich ausschließlich in Romanfiguren verliebt?

Selig sind die Unwissenden

Wenn ich geglaubt habe, der Flirt sei stressig gewesen, war das noch lange nichts im Vergleich dazu, was mich am darauffolgenden Tag gefühlsmäßig erwartet. Da bekomme ich nämlich den handfesten Beweis dafür, dass ich zu schwach bin. Dass ich mir trotz allem Hoffnungen gemacht habe und das in Zukunft lieber bleiben lassen sollte.

Schauplatz ist die Mensa. Ich will meine Bemühungen, das knochentrockene Fischgericht auf meinem Teller zu zerlegen, gerade für gescheitert erklären und aufbrechen, als ich plötzlich Henrietta an der Tür stehen sehe. Sie lässt ihren Blick suchend über die Tische schweifen, woraufhin ich schleunigst auf Tauchgang gehe. Kein guter Zeitpunkt zum Aufstehen, denke ich. Allerdings hätte ich genauso gut einen Salto performen können, ihre Suche gilt nämlich überhaupt nicht mir.

Als sie die fragliche Person entdeckt, strahlt sie übers ganze Gesicht. Sie geht zu einem der Tische hin und legt einem Jungen die Hand auf die Schulter. Außer dass er Fredrik heißt, weiß ich nichts weiter über ihn. Er dreht sich um und sieht Henrietta genauso freudestrahlend an wie sie ihn. Er steht auf und sie sagt irgendetwas.

Die beiden befinden sich vier Tische von mir entfernt, und in der überfüllten Mensa habe ich nicht die Spur einer Chance, auch nur ein Wort zu verstehen. Allerdings muss es um etwas ganz Besonderes gehen, dieser Fredrik strahlt nämlich gleich noch mehr und schlingt die Arme um Henrietta.

Sie erwidert seine Umarmung. Dann hält er sie ein Stückchen von sich weg, jedoch ohne sie dabei loszulassen, und die beiden lachen einander an.

Als er sich hinsetzt, hockt sich Henrietta neben ihn, und die beiden reden noch einen Augenblick weiter, bevor sie wieder aufsteht und sich zum Gehen wendet. Als sie an mir vorbeikommt, starre ich auf meinen Teller. Keine Hand auf meiner Schulter, null. Als ich wieder aufschaue, begegne ich Rebeckas mitfühlendem Blick. Offensichtlich hat sie die Szene ebenfalls beobachtet.

So ekelhaft spontan. Kuschelalaaarm. Und natürlich mitten in der Mensa, damit es auch ja alle mitbekommen. Total affektiert!

Ich gebe mir alle Mühe, mich über die beiden aufzuregen und ihr Getue lächerlich zu finden. Aber Fehlanzeige. Während der verbleibenden Unterrichtsstunden bin ich mit meinen Gedanken Lichtjahre von dem entfernt, was uns unsere armen Lehrer einzutrichtern versuchen. Selbst wenn ich wollte, ließe sich mein Gehirn nicht stoppen. In meinem Kopfkino werden die fünf Minuten aus der Mensa in Endlosschleife gezeigt.

Sind sie zusammen? Das ist hier die große Frage. Wenn

sie es sind, wäre es mir lieber, ich wüsste davon. Dann bliebe mir das Rätselraten erspart. War das eine liebevolle oder eine freundschaftliche Umarmung? Oder sind sie ineinander verliebt und auf dem besten Weg, ein Paar zu werden? Obwohl der Film in meinem Kopf wie schon erwähnt auf Autorepeat läuft, kann ich nicht erkennen, was mir die Umarmung und ihre strahlenden Gesichter sagen wollen. Der Filmvorführer entschuldigt sich für die miserable Tonqualität.

Wenn ich doch bloß verstanden hätte, worüber sie gesprochen haben! *Wollen wir heute Nacht beim Sex wieder unsere Akrobatennummer üben?* Vielleicht aber auch: *Herzlichen Glückwunsch, du hast das vom Schülerrat gesponserte Tageszeitungs-Abo gewonnen!*

In Mathe erreicht mich ein Zettel von Rebecka. Ich falte ihn auseinander und sehe, dass sie mir ein Gedicht geschickt hat. Im Augenblick hab ich für ihre Gedichte echt keinen Nerv, ich hab wirklich andere Dinge im Kopf! Ich lese die ersten Zeilen:

Mir scheint den Göttern gleich der Mann,
der dir gegenüber seinen Sitz hat
und ganz nahe dich süß reden hört und
liebreizend lachen;

Alles klar. Rebecka will mir signalisieren, dass sie alles mitbekommen hat und meine Eifersucht nachvollziehen kann. Ich habe keinen Bock weiterzulesen. Ich falte das Blatt wieder zusammen und stopfe es in meine Tasche. Manchmal geht mir Rebecka mit ihren Gedichten echt ein bisschen auf den Wecker. Sie möchte nett sein, aber Gedichte sind momentan wirklich das Allerletzte, was mich interessiert.

Henrietta ist nicht irgend so ein dämliches Gedicht. Und meine Gefühle sind es auch nicht. Ich bin nicht Rebecka, die von Worten lebt. Aber wovon lebe ich eigentlich? Von Entwicklerflüssigkeit?

»Hast du das Gedicht gelesen?«, fragt mich Rebecka beim Verlassen des Klassenzimmers.

»Nee, hatte ich keinen Nerv zu, lese ich später«, antworte ich und merke selbst, wie unfreundlich ich klinge.

Rebecka bemerkt es ebenfalls. Bis zu den Schließfächern geht sie schweigend neben mir her.

»Das heißt, jetzt hast du sie wahrscheinlich verloren«, platzt sie schließlich heraus. »Du warst zu langsam, und nun wendet sie sich verständlicherweise jemand anderem zu«, fährt sie mit dem Rücken zu mir fort.

Vielen Dank auch, genau das wollte ich jetzt hören, denke ich, reiße meine Jacke aus dem Spind und gehe zum Bus.

In der Nacht beschließe ich, dass Henrietta mit diesem Typen zusammen ist, diesem Fredrik. In gewisser Weise macht es dieser Gedanke einfacher. Ich kann versuchen, über sie hinwegzukommen, bevor ich richtig verletzt werde, bevor ich mich vor ihr und dem Rest der Schule noch vollends zum Gespött gemacht habe.

Am Wort erkennt man den Toren wie den Esel an den Ohren

Am Samstagmorgen um sieben platzt mein reizender kleiner Bruder in mein Zimmer.

»Wann gehen wir endlich los? Gehen wir jetzt bald los?«

»Zisch ab!«, brummele ich.

»Aber du hast es versprochen!«, quengelt er.

Niemand kann so quengeln wie mein Bruderherz. Mit seiner Spezialstimme dringt er unerbittlich durch drei Kissen und eine dicke Decke hindurch. Erst als ich hellwach bin und mein Versprechen bei Goldie, seinem Plüschkaninchen, erneuert habe, lässt er locker und trollt sich wieder.

Meine Mutter hat mich dazu überredet, Ville zur Märchenstunde in die Bibliothek zu begleiten. Sie und Papa wollen sich mit ein paar Bekannten zum Mittagessen treffen. Aber die Märchenstunde beginnt erst um eins. Jetzt ist es 7.12 Uhr, und ich liege hellwach in meinem Bett.

Ich bin zu wütend darüber, dass ich geweckt wurde, als dass ich wieder einschlafen könnte. Außerdem beginnen meine Gedanken sofort wieder zu kreisen, die Henrietta-Gedanken.

Plötzlich fällt mir das Gedicht wieder ein. Ich hänge mich aus dem Bett und angele nach meiner Hose mit dem Zettel.

Mir scheint den Göttern gleich der Mann,
der dir gegenüber seinen Sitz hat
und ganz nahe dich süß reden hört und
liebreizend lachen;

das hat mir wahrhaftig das Herz in der Brust entsetzt;
blicke ich dich an, nur kurz, dann
lässt mich nichts mehr die Stimme erheben, und
die Zunge zerbricht;

dann läuft sogleich ein zartes Feuer unter der Haut,
mit den Augen sehe ich nichts und
es brausen die Ohren; Schweiß rinnt herab, und
ein Zittern

hält mich im Ganzen fest; ich bin fahler als
Heu, scheine mir nur wenig entfernt
vom Totsein.

Doch man muss alles wagen …

Ich drehe den Zettel um, doch seine Rückseite ist leer. Seltsames Ende für ein Gedicht. Mir gefällt die Stelle mit dem nahenden Tod. Nicht unbedingt Rebeckas Stil. Das Gedicht stammt nicht von ihr. Ich lese es noch einmal. Die Person, die es verfasst hat, muss sehr verliebt gewesen sein. Und sehr eifersüchtig.

Rebecka hat für und gegen alles ein Gedicht. Zum Trost und für die Revolution, wider das Schulsystem und gegen die Eifersucht … Kaum nenne ich ein Gefühl, hat sie ein passendes Gedicht parat. Vermutlich haben Bilder für mich dieselbe Funktion wie für sie die Gedichte. Beim Betrachten von Bildern überkommen mich die unterschiedlichsten Gefühle, sie trösten mich, machen mich wütend oder glücklich. Oftmals geschieht das bei Bildern aus Büchern oder aus dem Fernsehen. Manchmal erscheinen vor meinem inneren Auge Bilder, die ich selbst gern fotografieren würde, und zwar in aller Klarheit. In solchen Momenten sehe ich die Wirklichkeit als eine Reihe von Standbildern, als fertige Fotos. Mit Rahmen und allem Drum und Dran, losgelöst von ihrer Umgebung.

Die Sporthalle. Die Bank. Blaue Trainingshosen, grauer Pulli. Ihre Hände ruhen auf ihren Knien. Die ausgefransten Bündchen ihres Pullis. Die Handgelenke. Wo ihre nackte Haut herausschaut. Springende Bälle im Hintergrund.

Solche Bilder würde ich gern fotografieren. Bilder, die beim Betrachter dieselben Gefühle auslösen wie bei mir, ihn dieselben Geräusche hören lassen. Doch bis auf Weiteres existieren sie nur in dem Fotoalbum in meinem Kopf.

Ich überlege, wie das Eifersuchtsbild aussehen könnte. Diese Umarmung. Wie lässt man eine Umarmung auf einem Foto beängstigend aussehen? Der Soundtrack: über den Boden scharrende Stühle und ein dichter Geräuschteppich aus Stimmen und Besteck auf Geschirr. Aber wie fotografiert man so etwas?

Doch man muss alles wagen.
Ach ja?
Und wie?

In der Bib stürmt mein Bruder ins Märchenzimmer, ich lasse mich in einer Ecke auf den Boden sinken. Es sind überwiegend Mütter mit lärmenden und triefnasigen Kindern da. Die Märchentante betritt den Raum und lächelt voller Herzlichkeit in die Runde. Allmählich kommen die Kinder zur Ruhe und setzen sich in einen Kreis. Sie sagen irgendeinen Kinderreim auf. Anschließend erzählt die Märchentante das Märchen des Tages.

Es handelt von einem Prinzen, dem Eselsohren wachsen. Die bekommt er von einer eingeschnappten Fee zur Taufe geschenkt. Mithilfe einer Kappe gelingt es dem Königspaar, die Eselsohren vor allen zu verbergen, außer vor dem Barbier des Prinzen. Dieser soll mit dem Tode büßen, sollte das Geheimnis jemals ans Licht kommen. Trotz der Drohung fällt es dem Barbier natürlich unheimlich schwer, das Geheimnis für sich zu behalten. Sein Beichtvater rät ihm, es draußen im Wald in ein Loch hineinzurufen und es darin zu vergraben. Der Barbier befolgt den Ratschlag und fühlt sich erleichtert.

Doch auf dem Geheimnis beginnt Schilfrohr zu sprießen, aus dem sich einige Hirten Flöten schnitzen. Und als die Hirten auf den Flöten spielen, erklingt daraus: »Der Prinz hat Eselsohren, der Prinz hat Eselsohren«, und so erfährt das gesamte Reich von dem Geheimnis. Der Barbier soll gerade enthauptet werden, als sich der Prinz die Kappe vom Kopf reißt und in aller Öffentlichkeit verkündet, dass er zwar Eselsohren habe, jedoch gleichwohl ein guter König werden könne. Das ganze Schloss ist versammelt und wird Zeuge, wie die Eselsohren mit dem Bekenntnis des Prinzen verschwinden.

Ja, genau so endet das Märchen. Die Eselsohren verschwinden.

Auf dem Weg zum Parkplatz ist mein Bruder vollkommen aus dem Häuschen.

»Ich will auch Eselsohren!«, singt er und hüpft dabei neben mir her.

Ich schüttele den Kopf. Aber mein Bruder ist zufrieden, und das ist doch die Hauptsache.

Am Sonntag werde ich nicht geweckt, jedenfalls nicht von meinem kleinen Bruder. Um halb elf scheint die Sonne so grell in mein Zimmer, dass ich nicht länger schlafen kann. Als ich aufstehe, ist das Haus leer. Mama und Ville sind irgendwo draußen im Wald unterwegs und haben sich Proviant eingepackt. Papa ist vermutlich in der Garage. Mama hat mir einen Zettel hingelegt, auf dem steht, wo sie picknicken wollen.

Die eigentliche Botschaft lautet: »Vielleicht beteiligst du dich ja mal und verbringst ein bisschen Zeit mit uns, wie das in normalen Familien am Wochenende so üblich ist.« Meine Lust, die glückliche Familie zu spielen, hält sich in Grenzen. Aber jetzt runter in die Dunkelkammer zu verschwinden, kommt mir trostlos vor, und auch sonst fällt mir nicht wirklich etwas anderes ein, als mich ihnen anzuschließen. Außerdem picknicke ich gern im Freien. Meine Mutter ist ganz bestimmt nicht meine bevorzugte Gesellschaft, aber wenn es sich sonntags nicht vermeiden lässt, ist sie meistens ganz okay, solange Ville mit dabei ist. Am unausstehlichsten ist sie am Donnerstagabend nach dem Großeinkauf.

In der Nähe unseres Hauses liegt ein größerer Wald. Inzwischen gehe ich nicht mehr so häufig dorthin, aber ich bin immer noch gerne dort. Ich mag die Luft und die Gerüche. In mir steckt bestimmt ein alter Bauer, der gern im Freien ist und den Wechsel der Jahreszeiten beobachtet. Den Frühling und den Herbst mag ich eigentlich am liebsten. Sommer und Winter sind mir zu aufgeladen und stressig. Die vollendeten Jahreszeiten, die alle herbeisehnen sollen. Mich machen sie bloß nervös.

Im Wald ist es still und so warm, dass ich meine Jacke ausziehen muss. Es duftet nach trockenem Gras und getauter Erde. Hier und da treiben bereits die ersten grünen Blättchen und Gräser. Die Grünfinken quäken und der Buchfink trällert fröhlich vor sich hin. Auf dem Weg zu bleiben, reicht mir nicht mehr, ich möchte näher an den Frühling heran. Ich verlasse den Pfad und gehe in den Wald hinein. Wie fotografiert man den Frühling, ohne dass dabei Bilder herauskommen, die man schon tausendfach zuvor gesehen hat? Ich habe meine Kamera zu Hause gelassen, doch in meinem Kopf sehe ich unweigerlich alles wie durch ihren Sucher.

Wenn man sich an einer besonders dicht mit knorrigen alten Fichten bewachsenen Stelle durchs Gestrüpp kämpft, gelangt man auf eine leicht abfallende Lichtung, die sich zu einem Acker hin öffnet. Im Sommer gibt es dort immer Walderdbeeren. Jetzt ist der ganze Hang mit einem dicken Teppich aus hohem, vergilbtem Gras bedeckt. Eine Lerche tiriliert hoch oben über dem Gelände, es muss die erste des Jahres sein.

Ich gehe in die Hocke und fahre mit der Hand durchs Gras. Völlig trocken. Eine Spinne flitzt an meinem Zeigefinger vorbei. An der Böschung, mit einem großen Stein zwischen mir und dem Wald, strecke ich mich der Länge nach aus und schließe vor der Sonne die Augen, fülle meine Lungen mit Luft, sauge den Frühling ein. Wäre ich nicht erst vor Kurzem aufgestanden, könnte ich so einschlafen.

Nach einer Weile wird es mir zu warm. Ich setze mich auf und schaue von der Sonne geblendet über den Acker hinweg. Gras und Wald haben all ihre Farbe verloren, trotzdem sehe ich alles merkwürdig scharf. Die Vögel singen, und eine Fliege landet summend im Gras. Ich blicke mich um, weit und breit keine Menschenseele, nirgendwo ein menschlicher Laut oder Motorenlärm. Also breite ich meine Jacke hinter mir ins Gras und ziehe mein Oberteil aus, knautsche es zu einem Kissen zusammen und lege mich auf den Rücken.

Ausgestreckt liegt sie im trockenen Gras vom Vorjahr. Die Sonnenstrahlen lassen den hellen Flaum auf ihren nackten Armen schimmern. Sie schließt die Augen. Das Gras: fahl-gelb und trocken unter Handflächen und Rücken. Das Laub: durchscheinend dünn. Sie hebt den Arm und legt die Hand auf nackte Haut, ihre Fingerspitzen malen kühle Kreise. Soundtrack: eine Lerche hoch oben über dem Gelände, ein leichtes Rascheln in der Erde unter ihr. Die Taille. Ihre Taille. Der Schatten darunter, wo die Sonnenstrahlen nicht hingelangen. Die Kreise werden wärmer, steigen höher. Lichtempfindliche neue Run-

dungen, von Fingern und Wind gekitzelte Knospen. Das Herz tief in ihr drin, pulsierend rot. Schauer laufen ihr das Rückgrat entlang, über den Bauch und weiter hinab zu den Hüften. Wärmen den Punkt. Dort drinnen.

Ich liege da und lasse mir die Sonne geradewegs durch die Haut scheinen, hinein in die Brust, die Lungen und das Herz. Wäre ich mutiger und impulsiver, würde ich mir sämtliche Kleider ausziehen und splitternackt hier liegen, damit der Frühling mich überall berühren kann.

Als ich mich endlich dazu durchringe, wieder aufzustehen und in Richtung Picknick aufzubrechen, bin ich unheimlich gut drauf. Ich bin bis zu den Knochen mit Sonne vollgetankt, und von dort strahlt die Wärme in meinen Körper aus und bleibt unter meiner Kleidung.

Als er mich kommen sieht, springt mein Bruder auf. Er zeigt mir den Haufen aus Zweigen und Steinen, den er zusammengetragen hat. Meine Mutter fragt, ob ich bis jetzt geschlafen hätte. Sie kann es einfach nicht lassen. Sticheln, sticheln, sticheln. Wieso ist sie eigentlich immer so unzufrieden mit mir? Wieso findet sie immer irgendwelche Fehler? Ich antworte nicht.

»Ach, entschuldige«, sagt sie und legt mir die Hand auf den Arm.

Ich blicke auf.

»Es ist schließlich Wochenende, da kannst du natürlich schlafen, solange du willst«, fährt sie fort und lächelt mich fragend an.

Anscheinend meint sie ihre Entschuldigung tatsächlich ernst. Okay, Mum. Sie hebt die Hand und streicht mir eilig über die Wange. Ich fühle mich wieder wie mit sieben, und für einen kurzen Moment würde ich am liebsten losweinen und mich in ihrem Schoß verkriechen.

»Ich will eine ZIMTSCHNECKE!«, brüllt Ville.

Mama und ich lächeln uns für die Dauer einer Sekunde an, und dann picknicken wir. Die Lerche steigt unermüdlich tirilierend immer höher in den Himmel.

Man soll den Tag nicht vor dem Abend loben

Nach dem Wochenende sitzt ein Teil der Sonne noch immer in meinem Körper. Ich fühle mich stark.

Bis nach dem Mittagessen, als ich mit den anderen aus meiner Klasse im Korridor stehe und Henrietta zufällig vom anderen Ende auf mich zukommen sehe. Beim Gehen reckt sie fortwährend den Hals und späht suchend von einem Gesicht zum nächsten. Ich gehe in Deckung. Verschließe meinen Spind und entferne mich mit eingezogenem Kopf in die entgegengesetzte Richtung. Im Treppenhaus stürze ich die Stufen hinunter und verschwinde auf der Toilette. Jetzt fühle ich mich überhaupt nicht mehr stark, der Frühling rinnt aus mir heraus, ich friere. Ich kann aber schlecht den Rest des Tages hier auf dem Klo rumstehen und das Gekritzel an den Wänden lesen.

Hat sie nach mir gesucht?

Ob mich wohl jemand dabei beobachtet hat, wie ich so halb geduckt davongerannt bin? Gott, wie peinlich. Wahrscheinlich denken jetzt alle, ich wäre krank. Bin ich ja auch. Liebeskrank, krankhaft feige, ein krankes Hasenherz.

Wenn ich mein Geheimnis doch bloß auch in irgendein Loch hineinrufen könnte, damit es verschwindet. Ich könnte es zum Beispiel ins Klo hineinrufen. Aber im Märchen kommt das Geheimnis am Ende ja trotzdem heraus. Ich male mir aus, wie es klingen könnte, mein Geheimnis, wenn es durch die Rohre der Schule davonrauscht, sobald jemand auf die Spülung drückt, wenn es tosend durch die Wasserleitungen braust und aus den Wänden hervorschießt, wie ein Lied.

Schon gut, schon gut, ich hab das Märchen ja begriffen: Wenn man offen zu seinen Problemen und Schwächen steht, dann sind es keine mehr. Aber manche Dinge lösen sich nicht einfach in Luft auf, bloß weil man zugibt, dass sie existieren. Ganz egal, wie laut man ruft. Das kann man vielleicht einem Vierjährigen in der Märchenstunde weismachen, aber mir macht keiner was vor.

Der Unterricht hat längst wieder begonnen, als ich mich endlich aus der Toilette wage. Unentschlossen stehe ich auf dem Treppenabsatz, rauf oder runter? Als ich von oben Schritte höre, treffe ich meine Entscheidung und gehe langsam treppab.

»Du! Warte mal!«

Ich drehe mich um, und auf dem Absatz über mir steht Henrietta. Ausgerechnet. Es hätte der Rektor sein können oder mein Tutor oder jeder x-Beliebige aus meiner Klasse. Aber nein. Von allen möglichen Kandidaten muss es also Henrietta sein, die da zwei Meter über mir steht. Sie wurde auserwählt und hervorgeschüttelt wie eine dieser mit Ziffern versehenen Kugeln bei der Ziehung der Lottozahlen. Ist das ein Zufall? Der Moment, in dem ich Bingo rufen muss?

Henrietta hat auf dem Absatz oben haltgemacht und ich stehe wie angewurzelt da. Warte.

»Hallo«, sagt sie.

»Hallo«, sage ich.

Pause. Ich verharre ebenso reglos, als stünde ich Auge in Auge mit einer Kobra, nicht einen Finger kann ich rühren. Auf einmal geht sie die Treppe runter. Und an mir vorbei. Ihre Hosen rascheln leise. Langsam steige ich ein paar Stufen rauf. Bleibe stehen und höre, wie hinter ihr die Tür zuschlägt.

Ich schleppe mich in die Schule und wieder zurück. Tag für Tag. In meinem Kopf der ewig gleiche Sound, dumpf und monoton. Bus. Hausaufgaben. Abendessen. Bus. Hausaufgaben. Abendessen. Es vergehen Tage, ohne dass etwas passiert. Was sollte auch groß passieren? Ich bin froh, dass nichts passiert. Ein Grollen irgendwo in meinem Hinterkopf.

An einem dieser grauen Tage bittet mich meine Mutter, auf dem Heimweg noch Zitronen einzukaufen. Sie will für ihren Mädelsabend eine Zitronentorte backen. So eine mit Baiser.

Supermarkt, 16.15 Uhr, eines schönen Tages in Möwes Leben:

Ich nehme mir einen Korb und steuere auf die Obst- und Gemüseabteilung zu. Je drei Zitronen kosten zehn Kronen, ich beginne mit meiner Auswahl. Neben mir steht eine Oma mit Rollator und quetscht auf ein paar Tomaten herum.

»Entschuldigung, können Sie mir sagen, wie viele Kartoffeln ein Kilo ergeben?«, sagt eine Stimme hinter mir. Die Sandpapierstimme.

Henrietta. Sie hält eine Kartoffel und eine leere Tüte hoch und sieht mich dabei fragend an.

»Ach hallo, dich kenne ich doch«, sagt sie dann.

Ich nicke und lächele. Sie grinst.

»Was kaufst du?«

»Zitronen«, antworte ich.

Nickend wirft sie einen Blick in meinen Korb. Dann sieht sie wieder mich an, dreht sich um und widmet sich den Kartoffeln.

Was soll ich jetzt tun? Ich wähle weiter Zitronen aus, aber das kann ich schließlich nicht ewig machen. Mir fällt ein, dass ich für die Zitronen eine Tüte brauche, also hole ich mir eine. Eine Mutter mit Kinderwagen fährt mich beinahe über den Haufen. Das Kind schreit. Henrietta sucht Kartoffeln aus. Immer schön eine nach der anderen, wie es scheint. Vielleicht kauft sie ja jeden Tag auf dem Heimweg Kartoffeln. Zu guter Letzt muss ich wohl oder übel weitergehen und verziehe mich in Richtung Milchregal. Das Geschäft füllt sich zusehends mit Menschen, viele haben Feierabend und kaufen fürs Abendessen ein.

Die Tüte mit den Zitronen knistert auf dem Boden meines Einkaufskorbes hin und her. Ich gehe am Brot, dem Kühlregal und der Delikatessentheke vorbei und bleibe vor dem Zeitungsständer stehen.

»Weißt du zufällig, was heute für ein Datum ist? Man will schließlich nichts kaufen, das bereits auf dem Nachhauseweg in seine Einzelteile zerfällt, bloß weil soeben das Haltbarkeitsdatum abgelaufen ist. Hast du gesehen, dass die sogar wissen, um welche Uhrzeit die Sachen hinüber sind?«

Henrietta hält mir einen Schokokuchen entgegen und ich mache einen Schritt auf sie zu, damit ich den Aufdruck auf der Verpackung lesen kann. Sie stellt sich neben mich, und beim Lesen sind sich unsere Köpfe ganz nah. Ihr Gesicht nur wenige Zentimeter von meinem entfernt. Henrietta tritt einen Schritt zurück.

»Am 18. April 2016 um 11.25 Uhr wird dieser Kuchen explodieren. Oder implodieren. Per Selbstauslöser sozusagen.«

Ich grinse.

»Ich glaube, ich kaufe den Schokokuchen doch nicht«, sagt sie.

Jetzt sollte ich mal irgendwas sagen. Panisch durchforste ich meinen überforderten Schädel nach etwas Brauchbarem, und plötzlich taucht das Buch über das Boxen auf.

»Versuchst du beim Boxen auch immer, deinem Gegner das Nasenbein ins Gehirn zu treiben?«

Eigentlich sollte es wie ein lockerer Scherz klingen, aber vor lauter Nervosität hört es sich eher so an, als befürchtete ich, sie könnte ebendies bei mir tun. Und außerdem hat es nicht das Geringste mit Schokokuchen zu tun.

Henrietta sieht mich mit hochgezogenen Augenbrauen an.

»Mike Tyson hat das von sich gesagt«, fahre ich fort.

»Aha«, erwidert sie.

»Das habe ich zufällig in einem Buch gelesen, und da ich ja weiß, dass du …«, sage ich, führe meinen Satz aber nicht mehr zu Ende.

Was genau treibe ich hier eigentlich? Ich gehe in Richtung Kasse, will nur noch weg von hier. Ich fixiere den schmutzigen Fußboden, die Zeitungsaushänge mit den Schlagzeilen. Bezahle, ohne der Kassiererin dabei in die Augen zu schauen.

Draußen ist es inzwischen bewölkt und ganz schön kalt. Ich ziehe den Reißverschluss meiner Jacke hoch. Henrietta holt mich ein, und wir gehen nebeneinanderher.

Ich habe den Versuch, irgendetwas sagen zu wollen, aufgegeben. Ich will nur noch nach Hause.

Henrietta plaudert über den Französischlehrer und den Fernsehfilm vom Vorabend, solche Sachen. Ich nicke und gebe einsilbige Antworten wie »ja« und »mh« oder »nee«.

An der Bushaltestelle blicken wir beide auf. Sie sieht mich an. Für eine Sekunde sehe ich sie an. Aus dem Augenwinkel schenkt sie mir ihren typischen Henrietta-Blick. Ich zögere kurz, gehe dann auf die Bank im Wartehäuschen zu, bekomme gerade noch mit, wie sie weitergeht und sich entfernt.

Im Bus gehe ich die Ereignisse noch einmal durch. Wir waren zufällig zur gleichen Zeit im Supermarkt, und weil wir denselben Weg hatten, sind wir ein Stückchen nebeneinander hergegangen. Sie hat mit mir geredet, das war gut. Ich habe mit ihr geredet, das war nicht gut. Sie wird nie wieder ein Wort mit mir reden. Womöglich hat bei ihr zu Hause schon dieser Fredrik auf sie gewartet, und dann hat er den Arm um sie gelegt und ist mit ihr in ihrem Zimmer verschwunden.

Ich will mir gar nicht vorstellen, was die beiden in ihrem Zimmer tun. Diese Bilder will ich überhaupt nicht sehen.

Ich weiß immer noch nicht, was Phase ist. Vielleicht ertrage ich aber auch nicht mehr. Nicht noch mehr von der

Sorte, die mich im einen Moment Mut und Hoffnung schöpfen lässt und im nächsten Moment wünschen, man würde mich lebendig begraben.

»Wie passend, dass du ausgerechnet Zitronen mitbringen solltest«, empfängt mich meine Mutter, als ich nach Hause komme.

Ich gebe keine Antwort.

»Wenn du gedenkst, weiterhin so sauer aus der Wäsche zu gucken, solltest du vielleicht lieber nicht in Erscheinung treten, wenn Katrin und Ulla da sind.«

Keine Sorge, ich werde mich fernhalten. Die drei schütten sich im Wohnzimmer aus vor Lachen. Ich stehe in der Küche und starre aus dem Fenster. Oma ist vorbeigekommen, um sich eine große Kasserolle abzuholen, die wir uns von ihr geborgt hatten. Sie steht an der Spüle und wäscht unser Geschirr vom Abendessen ab, sie kann nie einfach nur still sitzen und sich unterhalten.

»Du brauchst das nicht zu machen, das ist schließlich unser Abwasch«, sagt mein Vater.

Er sitzt am Tisch und blättert in einem Katalog. Oma spült weiter ab. Draußen wird es allmählich dunkel. Unten an der Straße kann ich Omas und Opas klapprigen Saab gerade noch erahnen.

Oma legt mir eine vom Abspülen feuchte Hand auf die Schulter.

»Arbeit lindert bekanntlich Herzeleid«, sagt sie.

Obwohl sie mir den Rücken zugewandt hat und mit etwas völlig anderem beschäftigt ist, hat ihr Gespür die Treffsicherheit eines Lasers.

Mein Hals beginnt zu brennen. Sie tätschelt mir ein paarmal die Schulter und ich schlucke trocken.

»Mm«, ist die einzige Äußerung, zu der ich imstande bin.

Sie wendet sich wieder der Spüle zu. Mein Vater klappt den Katalog zu und erhebt sich vom Tisch.

»Wie sieht's aus, Mutter, du trinkst doch bestimmt noch einen Kaffee, bevor du wieder fährst?«

Später stehe ich unten in der Dunkelkammer und hantiere mit ein paar Kontaktabzügen herum. Mir fehlt die nötige Ruhe, um mit dem Entwickeln anzufangen. Wenn die wüssten, was in mir vorgeht. Was würde Oma dazu sagen? Was würden meine Eltern sagen, wenn ich Arm in Arm mit Henrietta hereinspaziert käme? Ville würde ihr natürlich seine Kuscheltiersammlung zeigen. Und meine Eltern würden höchstwahrscheinlich lachen. Vielleicht weil sie nicht wüssten, was sie sagen sollen.

Wie auch immer. Wenn ich ihnen zeige, wer ich bin, in wen ich verliebt bin, würde ich von ihnen gern ernst genommen werden. Da wäre es mir fast schon lieber, sie würden ausrasten. Wenn ich mit etwas ein Problem habe, dann, wenn andere Leute über mich lachen. Ich halte mich eigentlich für eine recht friedfertige Person, aber wenn ich nur den leisesten Verdacht hege, dass sich jemand über mich lustig macht, würde ich am liebsten nur noch zuschlagen, immer und immer wieder. »Es macht einen Unterschied, ob man mit jemandem lacht oder über jemanden«, hat einer unserer Lehrer einmal gesagt. In dieser Hinsicht muss ich wohl hypersensibel sein. Ich schäme mich, und dann werde ich wütend, weil ich mich schäme. Gegen Gelächter kann man sich irgendwie nicht so richtig zur Wehr setzen. Auf Gelächter kann man schließlich nicht reagieren wie auf einen Angriff, selbst wenn es einer ist.

Ich weiß noch genau, wie sich damals in der Zweiten alle über mich und Angelica amüsiert haben. Erwachsene finden es anscheinend unheimlich niedlich, wenn Kinder ineinander verliebt sind und Händchen halten. Wenn sie sich Zettelchen schreiben und miteinander gehen und davon reden, dass sie später einmal heiraten wollen. »Weißt du noch damals, als du Angelica heiraten wolltest?« Wie oft habe ich das nicht schon zu hören bekommen? Jedes Mal gefolgt von Gekicher und einem Zwinkern. Sie müssen ein ziemlich schlechtes Gedächtnis haben.

Ich glaube, dass die Liebe mit acht wesentlich stärker ist als später, wenn man erwachsen ist. Schaut sie euch doch an! Sie machen nicht gerade den Eindruck, als würden sie in Freudengeheul ausbrechen, wenn sie einander sehen. Wenn das Liebe sein soll, kann ich froh sein, wenn ich sie nie erlebe.

Ich nehme einen Fotoband zur Hand und setze mich auf meinen Hocker. Die erste Seite, die ich aufschlage, zeigt eine unendlich einsame Landschaft.

Reden ist Silber, Schweigen ist Gold

Ich kann unmöglich zur Schule gehen. Die ganze Nacht sind meine Gedanken um diesen kurzen Moment auf dem Weg vom Supermarkt nach Hause gekreist. Warum bloß? Warum in aller Welt habe ich nichts Vernünftiges gesagt? Ich hätte doch irgendwas sagen können. Wirklich alles. Statt dieses dämlichen Box-Zitats. Ihr verständnisloser Blick.

Es ist schon seltsam. Je länger man damit wartet, etwas zu sagen, umso mehr Bedeutung bekommt das Gesagte. Wenn man ohnehin die ganze Zeit am Quatschen ist, spielt es keine Rolle, ob zwischendurch mal was Falsches oder Eigenartiges mit dabei ist. Aber wenn man den Mund bloß jeden zweiten Tag aufmacht, muss das Gesagte schon Hand und Fuß haben. Es bekommt viel mehr Aufmerksamkeit. Jedenfalls habe ich den Eindruck. Bei einem so seltenen Ereignis lauschen alle ganz gespannt auf das, was kommt, und dann darf es auf keinen Fall unbedacht klingen. Wenn man etwas Falsches sagt, lässt sich das obendrein nicht so leicht korrigieren, zumal man erst wieder lang und breit nachdenken muss, bevor man erneut etwas sagt.

Ich wälze mich im Bett hin und her in der Hoffnung, diese Gedanken damit endlich abzuschütteln, doch sie tauchen immer wieder von Neuem auf. Wenn ich doch bloß irgendetwas Lustiges über die Lippen gebracht hätte, irgendwas Normales! Jetzt fallen mir natürlich tausend Dinge ein, die ich hätte sagen können. »Was hast du im Sommer vor?«, »Isst du gern Zitronenkuchen?«, »Kennst du das Märchen vom Jungen mit den Eselsohren?«, »Macht dir das Boxen Spaß?« Whatever!

Man sieht mir offenbar an, dass ich nicht besonders gut geschlafen habe. Zumindest hält sich der Protest meiner Mutter in Grenzen, als ich ihr mitteile, dass ich wohl oder übel zu Hause bleiben muss. Der Hals.

Am Nachmittag habe ich mich immerhin schon aus dem Bett gewälzt. Als Rebecka kommt, schwitze ich gerade eingewickelt in eine Wolldecke mit einer Tasse Honigtee vor mich hin, den mir meine Mutter verordnet hat. Rebecka trägt so eine Art Turban auf dem Kopf und ein viel zu großes Kleid, vermutlich vom Flohmarkt.

»Ist irgendwas passiert? Ist sie mit diesem Klappspaten jetzt zusammen?«, fragt sie und wirft sich auf mein Bett. Ihr ist auf Anhieb klar, dass ich nicht krank bin.

»Weiß nicht«, antworte ich und wickele mich aus meiner Decke. »Ich weiß überhaupt nichts. Ich bin eine Niete.«

»Jaja«, sagt Rebecka. »Mit dir hat man's echt nicht leicht. Aber wirklich. Du hast keine großen Macken, aber manchmal bist du ganz schön feige. Vielleicht solltest du mal …«

»Ist ja gut«, erwidere ich. »Glaubst du etwa, ich wüsste nicht, was ich mal sollte?!«

Ich blicke Rebecka finster an.

Sie nickt und macht eine abwiegelnde Bewegung mit der Hand.

»Es ist doch vollkommen schnuppe, ob man weiß, dass man ein verdammter Loser ist. Man kann es so laut in die Welt schreien, wie man will, das ändert an der ganzen Sache trotzdem nichts«, sage ich.

»Wenn du meinst«, entgegnet Rebecka und gibt sich schockiert.

Ich schluchze.

Zumindest glaube ich, dass ich schluchze.

Ich weine normalerweise nicht.

Normalerweise weine ich nicht im Beisein anderer Menschen.

Jetzt sieht Rebecka tatsächlich schockiert aus.

»Was soll ich denn machen?«, frage ich.

In dem Moment geht die Tür auf. An der Türklinke hängend schwingt mein Bruder in den Raum.

»Eeeselsohren! Ich möchte Eeeselsohren!«

»Zisch ab und mach die Tür zu!«, raunze ich ihn an.

»Möööwe hat Eselsohren!«, ruft er und lässt sich auf den Boden plumpsen.

»Zisch ab!«, wiederhole ich und stehe auf.

Rebecka lacht. Mein Bruder kommt behäbig auf die Knie und krabbelt nach draußen, lässt noch einen Scheinpups ins Zimmer und schließt dann die Tür.

Rebecka muss noch mehr lachen.

Da hören wir meine Mutter vor der Tür.

»Ville! Jetzt ist aber endlich Ruhe! Ich will das heute nicht noch mal sagen müssen!«

Warum legt man sich Kinder zu, wenn man sie am Ende nicht mag? Ich hasse es, wenn sie mit ihm schimpft. Ist doch logisch, dass er zur Nervensäge wird, wenn ihm dauernd jemand erzählt, er sei eine.

Ich lasse mich in meinen Sessel sinken.

»Wieso will er Eselsohren?«, will Rebecka wissen.

Ich erzähle ihr das Märchen. Sie hört mir aufmerksam zu, und als ich fertig bin, setzt sie sich auf und heftet den Blick auf mich.

»Was ist?«, frage ich.

»Na ja, du hörst es doch«, sagt sie.

»Das Märchen?«, frage ich.

Rebecka schüttelt den Kopf, blickt erst zur Decke, dann wieder zu mir.

»Erstens: Warum eigentlich immer nur Prinzen? Wo man hinsieht, Prinzen. Die für Prinzessinnen und Gold gegen Drachen in den Kampf ziehen und sich alle möglichen wahnsinnig schlauen Listen einfallen lassen, während die Prinzessinnen zu Hause auf dem Schloss rumhocken und Haferflocken zählen und heulen. Wieso erzählt eigentlich nie mal jemand von Prinzessinnen? Und zweitens ist der Schluss doch echt beknackt.«

»Aha«, sage ich. »Und hast du einen besseren?«

»Na klar«, erwidert Rebecka und legt sich wieder hin, überlegt einen Augenblick und erzählt dann in Richtung Deckenlampe.

»Es war einmal eine Prinzessin, die hatte Eselsohren. Und als sich am Schluss alle versammelt hatten, um diese Plaudertasche von Friseur hinzurichten, riss sich die Prinzessin ihre entwürdigende, scheußliche Kappe vom Kopf und rief:

›Ich hab zwar Eselsohren, ich werde aber trotzdem eine höllisch gute Spitzenkönigin!‹ Und das wurde sie auch, und die Eselsohren blieben, wo sie waren, und sorgten allseits für Bewunderung. Und weil sie nicht gestorben ist, werd ich auch niemals Polizist.«

»Okay«, sage ich lachend, »der war wirklich besser.«

»Wieso muss man sich eigentlich immer erst ändern, damit einen die anderen mögen? Wie beim hässlichen Entlein. Wieso musste es erst zum Schwan werden, damit die anderen es akzeptieren? Ich jedenfalls gedenke, auch in Zukunft ein Entlein zu bleiben«, sagt Rebecka.

»Tja, und ich werde wohl immer Möwe bleiben«, erwidere ich, »oder eine feige Meise.«

Rebecka kichert und beschließt, der Speisekammer einen Besuch abzustatten, ob sich dort nicht etwas Leckeres für uns findet. Sie hat ständig Hunger, wenn sie zu mir kommt. Das liegt bestimmt am Radfahren. Davon abgesehen ist sie eine ziemlich gute Freundin.

Als wir bei unseren belegten Broten sitzen, muss ich das revidieren. Also dass sie eine gute Freundin ist. Weshalb? Noch mit Brot im Mund sagt sie Folgendes:

»Ich hab heute ein bisschen mit Henrietta gequatscht.«

»Aha«, sage ich und mir wird schlagartig schwindelig.

»Ich hab gesagt, ich glaube, du müsstest dich einfach erst an ihre Gesellschaft gewöhnen. Dass du da nicht so viel Übung hast.«

»Sag mal, tickt's bei dir noch richtig? Und du behauptest allen Ernstes, meine Freundin zu sein?«, erwidere ich.

»Aber irgendwer musste doch mal nachhelfen, oder etwa

nicht?«, verteidigt sich Rebecka. »Sonst tut sich ja nie was! Am Ende gibt sie noch auf.«

Ich antworte nicht. Lasse sie aber meine ganze Wut spüren.

»Es ist doch verdammt cool, dass ihr zwei ineinander verliebt seid. Aber es *tut* sich ja einfach nichts! Gib's doch endlich zu!«

»Dass *wir* ineinander verliebt sind. Du meinst wohl, dass *ich* in sie verliebt bin«, entgegne ich. »Sie ist vielleicht in diesen Fredrik verliebt.«

»Davon hat sie nichts gesagt. Aber sie meinte, du würdest einen ziemlich stillen Eindruck machen. Sie weiß ja nicht einmal, ob du überhaupt willst, dass sie mit dir redet! Ich hab ihr gesagt, du wärst ein bisschen schüchtern.«

»Na, vielen Dank auch.«

»Dass du davon abgesehen aber keine großen Macken hättest«, fügt Rebecka mit einem zuckersüßen Lächeln hinzu.

Ich schicke Rebecka nach Hause. Zum Abendessen darf sie nicht bleiben. Ich könnte durchdrehen. Ich höre Musik, habe aber auf nichts so richtig Lust. Ich mache mich daran, meine Bilder zu sortieren, lasse aber alles über den Boden verteilt liegen. Ich wandere von Fenster zu Fenster, stiere hinaus, auf das Gras, den Himmel und eine Bachstelze. Die spinnt doch! Rebecka spinnt doch total, ich hasse sie!

Mit einem Mal muss ich hemmungslos kichern. Sie haben über mich gesprochen. Stehe ich vielleicht unter Schock? Auf alle Fälle bin ich nervös.

Tief in meinem Innersten weiß ich, dass sie recht hat.

Wenn die Initiative von mir ausgehen soll, wird sich tatsächlich nichts tun. Dann wird dieses nicht vorhandene Etwas auf ewig so weitergehen, diese Schwärmerei und Träumerei. Ich hasse sie. Vielleicht hat sie recht.

Nach dem Abendessen liefern Ville und ich uns eine Kitzelschlacht. Die brauchen wir alle beide, wenn wir eine Chance auf Schlaf haben wollen.

Als ich am darauffolgenden Tag zur Schule komme, empfängt mich Robin voller Besorgnis über Zelda – eine seiner beiden Echsen. Sie will nichts fressen, schon seit gestern Abend.

»Vielleicht sehnt sie sich nach einer besseren Hälfte«, überlegt Robin.

»Aber in dem Fall hätte sie doch Svante«, werfe ich ein. »Sie braucht doch bloß loszulegen.«

Robin sieht mich entsetzt an.

»Also ehrlich, Svante ist doch wie ein Bruder für sie! Zelda braucht jemanden, den sie aufregend und attraktiv findet.«

»Verstehe«, erwidere ich, traue mich jedoch nicht, ihm eine Kontaktanzeige vorzuschlagen. Am Ende nimmt er mich noch ernst, oder aber er fühlt sich total verarscht.

Ich erspähe sie am anderen Ende des Korridors. Sie steht mit ein paar Mädchen zusammen und unterhält sich. Den Rücken mir zugewandt. Sie erzählt irgendetwas. Die anderen hören zu und nicken schmunzelnd.

Robin zerbricht sich weiter den Kopf über Zeldas Symptome und schlechten Gesundheitszustand.

»Vorgestern habe ich Henrietta im Supermarkt getroffen«, unterbreche ich ihn.

»Aha.«

»Ich sollte für meine Mutter was einkaufen«, füge ich erklärend hinzu.

»Ach echt?«, fragt Robin bedächtig.

»Ja«, sage ich. »Das war's auch schon. Vielleicht hat Zelda einfach ihr Futter satt, vielleicht braucht sie mal eine geschmackliche Abwechslung.«

»Meinst du?«

Als ich am Nachmittag auf mein Handy schaue, habe ich eine SMS. Sie lautet:

Hiermit wirst du offiziell zu »Daily Fool« bestellt. Do 18.30 im Rio. Bitte Geld für Eintrittskarte und Popcorn mitbringen / H

Von Henrietta, exakt. Schnell werfe ich einen Blick in die Runde. Ist sie irgendwo in der Nähe? Nein. Aber es muss von ihr sein. Einen solchen Scherz würde Rebecka sich nicht erlauben. Allerdings erübrigt sich ja wohl jegliche Spekulation darüber, wer meine Handynummer ausgeplaudert hat.

Ich kann unmöglich dorthin. Ich werde sterben! Wenn nicht auf dem Hinweg, dann spätestens beim Ticketkauf. Wenn sie überhaupt da ist. Ich werde unter den Armen schwitzen und schlecht riechen und irgendetwas Peinliches sagen. Wie soll ich mich denn jemals an sie gewöhnen? Indem ich mich im selben Kinosaal aufhalte wie sie. Ich muss unbedingt dorthin! Das ist mir jetzt klar. Ich kann mich nicht länger drücken, einfach weitermachen wie bisher und so tun, als ob nichts wäre. Weiter meine Sehnsucht pflegen. Wenn ich jetzt Nein sage, werde ich mich auf ewig fragen, was wohl passiert wäre, wenn ich mit ins Kino gegangen wäre. Ob Henrietta wirklich etwas von mir wollte. Ob sie mich aus einem bestimmten Grund dort treffen wollte.

Doch man muss alles wagen.

Und wie soll das bitte gehen?

Bis Donnerstagabend sitze ich wie auf glühenden Kohlen. In der Schule halte ich mich nach Möglichkeit von den anderen fern, sitze meistens draußen auf irgendeiner Bank und wäre am liebsten unsichtbar. Zu Hause treibe ich von Raum zu Raum, nehme Schulbücher in die Hand und lege sie wieder hin, blättere in alten Comic-Heften, lese hier und da eine Sprechblase, glotze fern.

Endlich ist Donnerstag. Robin ruft mich nach der Schule an und teilt mir freudestrahlend mit, Zeldas Lebensgeister seien überraschend zurückgekehrt. Zur Feier des Tages möchte er mit mir auf ein gebührendes Stück Kuchen ins *Sessan* gehen, doch ich antworte, dass ich auf dem Weg ins Kino bin.

»Was guckt ihr euch an?«, will Robin wissen.

»›Daily Fool‹«, erwidere ich.

»Wusste gar nicht, dass Rebecka auf solche Filme steht.«

»Tut sie auch nicht.«

»Bei manchen fängt's im Kopf an«, sagt Robin.

»Jugend und Weisheit gehen nicht immer Hand in Hand«, kontere ich.

Und damit ist der Kinobesuch für Robin abgehakt. Praktisch, dass er automatisch davon ausgeht, dass ich mit Rebecka ins Kino gehe. So ist das eben, wenn sich *nichts tut*, wenn einem nie irgendetwas Unvorhergesehenes passiert.

Jeder Vogel singt, wie ihm der Schnabel gewachsen ist

Als ich den kleinen Kinosaal nur wenige Minuten vor Filmbeginn betrete, ist er nicht einmal halb voll. Im Foyer habe ich Henrietta nirgendwo gesehen. Im Saal ist sie auch nicht. Vielleicht hat sie es sich anders überlegt und kommt doch nicht. Hoffentlich.

Der Film ist so schlecht, dass es wehtut. Bereits in der ersten Viertelstunde muss ich mehrere Male laut lachen. Obwohl ich den Film wirklich hundsmiserabel finde, kann ich einfach nichts dagegen tun. Ungefähr wie wenn jemand, den man nicht ausstehen kann, eine lustige Geschichte erzählt. Man versucht sich das Lachen so sehr zu verkneifen, dass man schon allein deshalb lacht. Und am Ende ist man vor Lachen fast am Platzen, und das Ganze gerät noch viel lauter, als wenn man sich sofort ein kleines Kichern gestattet hätte.

Kurze Zeit später höre ich Henrietta hinter mir. Sie lacht ebenfalls. Laut. Und nah. Wie ist sie dorthin gekommen? Hat sie meine Sitzreihe aufgespürt und sich dann hinter mich gepirscht? Ich starre zu dem Typen auf der Leinwand hinauf, der vor mir seine Grimassen zieht. Wage es nicht, den Blick von ihm abzuwenden.

Mitten im Film spüre ich plötzlich, wie mir jemand auf die Schulter tippt.

»Ist dein Popcorn schon leer?«, flüstert Henrietta, ihr Mund ganz dicht an meinem Ohr.

Ich reiche ihr den Pappeimer mit dem Popcorn nach hinten. Ich habe es kaum angerührt.

Nach einer Weile gibt sie mir den Eimer zurück.

Ich kann mich kein bisschen auf den Film konzentrieren. Spüre ihre Gegenwart in meinem Nacken. Ich bin wie gelähmt. Ich würde gern den Kopf drehen und überlege, wie ich wohl von hinten aussehe, ob meine Haare komisch liegen. Hat sie mein Lachen gehört? Mein Mund wird trocken. Ich nehme meinen Becher hoch und sauge ein wenig Cola durch den Halm. Vielleicht ist ihr Getränk ja auch schon alle. Ich könnte ihr etwas von meinem anbieten. Aber vielleicht ist sie in den Film vertieft und würde sich womöglich noch gestört fühlen, wenn ich mich zu ihr umdrehe. Vielleicht hasst sie es, mitten aus einem Film gerissen zu werden, und gehört am Ende noch zu der Fraktion, bei denen es sogar beim Fernsehen mucksmäuschenstill sein muss. Andererseits hat sie mich ja eben auch gestört. Wegen des Popcorns.

Was also soll ich tun? Den Becher einfach über die Schulter nach hinten reichen und abwarten, ob sie ihn nimmt? Oder mich umdrehen und dafür sorgen, dass sie sich vorbeugen muss, um meine Frage zu verstehen? Und wenn sie dann den Finger auf die Lippen legt?

Bei der Handlung bin ich längst raus, ich wette, sie ist absurd simpel. Die Charaktere reden und blamieren sich.

Obwohl ich den bewegten Bildern das Gesicht zugewandt habe, habe ich nicht die leiseste Ahnung, wie sie miteinander zusammenhängen.

Schließlich drehe ich meinen Kopf langsam zur Seite, und da ist sie, ihr Gesicht ganz nah an meinem.

»Der ist so richtig schlecht, oder?«, fragt ihre raue Stimme direkt an meinem Ohr.

Ich nicke und reiche ihr mein Getränk nach hinten. Sie nimmt es entgegen und gibt es mir nach einer Weile zurück.

Sie hat aus meinem Strohhalm getrunken.

Sie hat den Mund, ihre Lippen um diesen rot-weiß gestreiften Plastikhalm gelegt.

Ihre Hand hat meinen Becher gehalten.

Total albern, ich weiß! Trotzdem kann ich an nichts anderes mehr denken.

Soll ich aus dem Strohhalm trinken? Meine Lippen auf ihre drücken.

Ich möchte die Wärme ihrer Lippen gern bewahren, ihren Atem, der in meiner Vorstellung noch immer um den Becher schwebt.

Schließlich nehme ich einen vorsichtigen Schluck. Unsere Lippen berühren sich.

Rückwirkend. Über Umwege.

Aber immerhin.

Der Trinkhalmkuss ist aber auch das einzig Gute an diesem Abend. Wir verlassen das Kino gemeinsam. Henrietta lässt sich über den schlechten Film aus und ich nicke grinsend. Das Lachen, gegen das ich im Kinosaal angekämpft habe, sitzt mir noch immer im Leib, und jetzt höre ich mich in den völlig falschen Momenten viel zu laut lachen, und natürlich bringe ich nicht einen einzigen vernünftigen Satz zustande. Das Wenige, das ich sage, klingt einsilbig und dümmlich, schon während ich es ausspreche, bin ich mir dessen bewusst, ich höre es und kann trotzdem nichts dagegen tun. »Ja, total bescheuert«, »Sie ist irgendwie so … also irgendwie passt sie … äh … so gar nicht in diese Rolle« und »Mm, ja, genau«.

Meine Stimme klingt jämmerlich piepsig, mein Lachen kurzatmig und dumm.

Ich bin eine Niete.

Klar, mit Henrietta im selben Kinosaal zu sitzen ist nicht das Problem. Aber neben ihr herzugehen ist dann offenbar doch eine Nummer zu groß für mich. Viel zu groß.

Und dann passiert, was nicht passieren darf. Henrietta verstummt, hört einfach auf zu reden. Schweigend gehen wir nebeneinanderher. Grabesstille, nichts mehr, nur das Knirschen von Steinchen und Kies unter unseren Schuhen. Manchmal liest oder hört man doch von Leuten, die sagen: *Hach, wir können sogar zusammen schweigen, und trotzdem verstehen wir uns. Zwischen uns ist es immer total entspannt.* Eins ist mal klar: Unser Schweigen gehört definitiv *nicht* zu dieser Sorte.

»Ach, hallo!«, sagt Henrietta und ich hebe den Blick.

Ein Mädchen kommt uns lächelnd und winkend entgegen. Lisa, aus der Parallelklasse. Henrietta und sie stehen in der Schule öfter mal zusammen und unterhalten sich.

»Was macht ihr?«, will sie wissen.

Henrietta erzählt ihr von dem Film, wie schlecht er war.

Lisa lacht. Ich stehe stumm daneben. Lisa blickt ein paarmal zu mir, die meiste Zeit jedoch sieht sie Henrietta an.

»Habt ihr vielleicht Lust, noch mit ins *Sessan* zu kommen, auf einen Kaffee?«, erkundigt sie sich.

»Ich bin dabei!«, antwortet Henrietta schnell und ohne mich eines Blickes zu würdigen.

Ich habe verstanden.

»Nee, ich muss langsam mal nach Hause«, sage ich. »Der Bus.«

Wenn Henrietta gewollt hätte, dass ich mitkomme, hätte sie mich angesehen. Wahrscheinlich wäre ich trotzdem nicht mit. Aber es wäre ein schönes Gefühl gewesen, wenn sie wenigstens gefragt hätte. Nach meinem Nein hingegen kann sie mich wieder ansehen. Doch ihr Blick hat nichts Bedauerndes. Sie lächelt und ist längst näher an Lisa herangerückt. Und dann sagt sie zu mir:

»Was für ein witziger Zufall, dass wir uns ausgerechnet am selben Abend denselben miesen Film ausgesucht haben.«

Erst reagiere ich nicht. Sehe Henrietta an und Lisa mich.

»Stimmt«, sage ich endlich.

»Also, wir sehen uns dann. In der Schule«, fährt Henrietta fort.

Ich antworte nicht. Drehe mich um und gehe. Höre Lisa noch »Tschüss« rufen. Mechanisch und ohne mich noch einmal umzudrehen, gehe ich die Straße hinunter. Erst an der Straßenecke bleibe ich stehen und starre wahllos in das Schaufenster vor meiner Nase. Ein Friseursalon. Dann werfe ich einen Blick die Straße rauf. Sie sind weg. Vor meinem inneren Auge kann ich sehen, wie sie einander bei den Händen fassen, kaum dass ich mich zum Gehen gewandt habe. Wie sie in die entgegengesetzte Richtung davonstürmen. Und dann atemlos und prustend vor Lachen hinter der nächsten Hausecke stehen. Henrietta überglücklich, dass sie mich endlich los ist. Ich kann sie regelrecht hören: … *schon ein bisschen komisch, oder? … Gott sei Dank bist du gekommen … gerade noch mal Glück gehabt … blöde Möwe … hahaha …*

Ich starre wieder ins Schaufenster. »Wann haben Sie sich zuletzt im Spiegel gesehen?« Durch die Scheibe glotzt mich ein Hund an, dessen Augen fast vollständig von Fell bedeckt sind, davor zeichnet sich mein eigenes Spiegelbild auf dem Glas ab. Ich bin auch nichts weiter als so eine zottelige, verwahrloste und unterwürfige Kreatur, denke ich. Niemand bringt mich zum Friseur. Und kein Friseur wird je meine Geheimnisse erfahren.

Ich gehe zur Bushaltestelle. Ein schwarzer Opel Manta fährt an mir vorbei. Die Scheiben abgedunkelt, wummernde Bässe. Auf der Kofferraumklappe klebt ein Sticker mit der Aufschrift »I love women« in roten Buchstaben. Idiot, denke ich. Glaubt der wirklich, er würde auf diese Weise eine Braut abgreifen? Aber vielleicht tut er das ja. Vielleicht brauche ich auch so einen Sticker. Auf der Stirn.

Im Bushäuschen setze ich mich auf die kalte Bank und warte. Ein leichter Sprühregen hängt in der Luft. Die Straße ist glänzend schwarz. Endlich biegt der Bus schwerfällig um die Ecke und steuert auf mich zu. Die Regentropfen schimmern im Licht seiner Scheinwerfer. Mit einem Fauchen kommt er vor mir zum Stehen.

Ich lasse mich auf den Sitz sinken und starre aus dem Fenster. Mittlerweile ist es dunkel. Als wir das Zentrum hinter uns gelassen haben, legt der Regen so richtig los. Er trommelt gegen die Scheibe, mit den Augen folge ich den Bahnen der Regentropfen. Am liebsten würde ich den Busfahrer bitten, einfach immer weiterzufahren. Bei jedem Halt, immer wenn er jemanden zusteigen lässt, wirbelt mir eiskalter Wind um die Füße. Ich würde ihn gern bitten, an der Endstation vorbeizufahren und nie mehr anzuhalten.

Wir drei könnten jetzt gemeinsam lachend um einen kleinen Tisch herumsitzen. Henrietta und ich könnten all die peinlichen Szenen aus dem Film nachspielen und uns dabei verschwörerisch anlachen. Und unter dem Tisch würden sich unsere Beine leicht berühren. Danach könnten wir zusammen durch den Regen rennen, Henrietta lachend vor Glück, und ich würde ihr meine Jacke anbieten.

Ich hätte doch einfach jemand anderes sein können. Jemand, der alles wagt.

Was für ein witziger Zufall, dass wir uns ausgerechnet denselben miesen Film ausgesucht haben.

Dass Worte so wehtun können. Aber was hatte ich denn erwartet? *Möwe und ich sind neuerdings Freunde. Möwe kann leider nicht sprechen, Möwe kann bloß Kuscheltiere fotografieren, nicken und grinsen. So langsam wird's mir mit Möwe echt ein bisschen langweilig.*

Wem ginge das nicht so.

Als ich mir das Busticket in die Jackentasche stopfe, finde ich den Zettel mit dem Gedicht wieder. Ich lese: … *blicke ich dich an, nur kurz, dann lässt mich nichts mehr die Stimme erheben, und die Zunge zerbricht …*

Trautes Heim, Glück allein

Ich schwänze wieder. Der Kinobesuch ist meiner Erkältung ganz offensichtlich nicht bekommen.

»Ist irgendetwas vorgefallen?«, will meine Mutter wissen.

Sie steht in der Tür zu meinem Zimmer. Ich liege im Bett.

»Nein«, sage ich.

»Aber irgendetwas muss sein. Das ist doch sonst nicht deine Art. Ich sehe doch, dass du nicht krank bist.«

Was soll ich darauf antworten? Ich bin verliebt? In anderen Familien kann man solche Dinge vielleicht erzählen, aber nicht bei uns. Ausgeschlossen. Irgendwann, wenn ich überhaupt nicht damit rechne, und am besten noch, wenn gerade Besuch da ist, würde meine Mutter nämlich lautstark und mit einem halben Grinsen im Gesicht am Kaffeetisch verkünden, dass das arme Kind ganz schrecklich unter Liebeskummer leide, und zwar so schlimm, dass es sogar die Schule schwänzen muss. Man würde genau hören, wie albern sie das findet. Als wäre alles, was mit Liebe zu tun hat, nichts als törichte Einbildung.

Mein Vater würde die Augen heben und den Blick auf

mich heften und dann irgendetwas brummen, von wegen Schule sei Pflicht. Schluss jetzt mit den Mätzchen.

Und ich würde aus dem Zimmer stürmen und die Tür hinter mir zuknallen.

Oder sie würden es schlichtweg ignorieren. Alles, was lästig werden könnte, sollte man ganz einfach verdrängen. Totschweigen. Oder mit einem Lachen übergehen. Supertolle Problemlösung.

Und aus diesem Grund sage ich nichts zu meiner Mutter. Soll sie doch glauben, was sie will. Ich versuche, einen möglichst müden Eindruck zu machen, was morgens um halb acht nicht besonders schwierig ist, schon gar nicht, wenn man erst nach drei einschlafen konnte.

»Du schreibst heute aber keine Klassenarbeit, oder? Das ist doch hoffentlich nicht der Grund?«, bohrt sie weiter.

Ich schüttele den Kopf.

Schließlich gibt sich meine Mutter geschlagen und verlässt mich mit den Worten:

»Aber am Montag gehst du wieder zur Schule, sonst rede ich mit Papa.«

Sonst redet sie mit Papa. Als ob ich Angst vor Papa hätte. Aber wenn ich dieses Schuljahr noch öfter schwänze, bekomme ich vom Liegen noch wunde Stellen. Ich gehöre eigentlich nicht zu den Schwänzern. Ich gehöre zu denen, die immer da sind, ohne dass es jemandem auffällt.

SMS von Rebecka:

Habt ihr geknutscht??

Antwort:

Nee.

Rebecka:
Was ist passiert?
Antwort:
Nichts.
Rebecka:
Schwänzen ist nur was für Loser!
Antwort:
Ich bin ein hoffnungsloser Loser!
Rebecka:
Selber schuld, du hattest deine Chance.

Ich habe keinen Bock, darauf zu antworten. Ich habe aber auch keinen Bock, hier noch länger rumzuliegen. Obwohl ich freihabe und weiterschlafen könnte, stehe ich auf und frühstücke. Ich kann sowieso nicht mehr schlafen. Seltsamerweise fühlt sich so ein freier Tag nämlich nicht genauso gut an wie ein richtiger Ferientag. Dabei könnte ich eigentlich genau dieselben Dinge tun. Na ja, außer mich mit Rebecka und Robin treffen, logisch.

Nach dem Frühstück setze ich mich aufs Sofa und zappe. Natürlich kommt nur Schrott. Im Bildungsfernsehen läuft ein Programm für frischgebackene Eltern, außerdem die Wiederholung einer Kochsendung, Talkshows, diverse Vormittagssoaps und Werbung. Ich schalte den Fernseher wieder aus, bleibe aber auf dem Sofa sitzen. Wenn Henrietta zu uns nach Hause käme, was würde sie sehen? Abgesehen vom Sofa und dem Fernseher?

Blumen – in den Fenstern, auf Gestellen und in Töpfen an der Wand. Eigentlich recht schöne Blumen. Meine Mutter kümmert sich darum. Mir gefallen besonders die großen

Buschigen, solche möchte ich auch mal haben, wenn ich von zu Hause ausziehe. Nicht so kleinblättrige, niedliche Omiblümchen. Was sonst noch? Ein braunes Ikea-Regal voller Bücher, meistenteils Nachschlagewerke, ein medizinisches Handbuch.

An der Wand eine kleine Vitrine, sie enthält neben unseren guten Weingläsern, die wir von Oma geerbt haben, auch ein bisschen Nippes. Als ich klein war, dachte ich immer, alles in diesem Schrank wäre wahnsinnig wertvoll. Jedenfalls war schon der bloße Gedanke daran, ihn zu öffnen, verboten. Damals hatte es mir besonders ein Porzellankaninchen angetan. Es sah so weich und glatt aus, ich hätte es gern herausgenommen und in der Hand gehalten und über sein Fell gestrichen. Keine Ahnung, ob ich das jemals durfte. Vermutlich erst, als ich groß genug war und keine Gefahr mehr bestand, ich könnte es kaputt machen. Und da war es mir wahrscheinlich gar nicht mehr wichtig. Ein echtes Kaninchen habe ich nie bekommen. Ich habe kein einziges der Haustiere bekommen, um die ich so hartnackig gebettelt habe. Und dann durfte ich noch nicht einmal diesen kalten Porzellanklumpen streicheln.

Tja, was hätten wir unseren Gästen sonst noch so zu bieten? Einen rötlich-braunen Teppich und ein Sofatischchen mit Farbspuren von Villes Malstiften, die meine Mutter nicht mehr wegbekommen hat. Einen Sessel mit geblümtem Überzug, total hässlich, aber wenn man darin sitzt und ihn nicht sehen muss, ist er richtig schön gemütlich. Und natürlich die Kommode.

Das ist so eine mit massenhaft kleinen Schubladen, ebenfalls ein Erbstück von Oma. Obenauf liegt ein Spitzendeckchen, das Mama in jungen Jahren gehäkelt hat. Sie ist unglaublich stolz darauf, auch wenn sie so tut, als würde es ihr nicht gefallen und bei uns zu Hause nicht richtig reinpassen. Wenn sie wenigstens sagen würde: Das habe ich selbst gemacht, meine Güte, hat das lange gedauert, aber hübsch ist es allemal! Aber nein. Wenn sie irgendjemand darauf anspricht, muss sie jedes Mal betonen, wie viele Fehler es enthält und dass sie es längst wegräumen wollte, was sie aber nie tut.

Das einzig wirklich Schöne in unserem Wohnzimmer ist ein Bild, das meine Tante Elise gemalt hat, Mamas Schwester. Es zeigt eigentlich nichts Besonderes. Ein Stück von einem Tisch, ein Stück von einem Teller, ein bisschen Tapete und ein Stück von einem Stuhl. Am Anfang erkennt man überhaupt nicht, worum es sich handelt. Man könnte sagen, sie hat all diese Gegenstände mit einem ganz neuen Blick gesehen, sie auf eine Weise zusammengestellt, wie man sie normalerweise nicht sieht. Im Grunde sind es ganz gewöhnliche Dinge, absolut alltäglich, doch sie hat etwas Ungewöhnliches daraus gemacht.

Ich mag dieses Bild. Mama findet es scheußlich, traut sich aber nicht, es abzuhängen, weil es ein Geschenk war. Papa ist es egal, er findet es, glaub ich, einfach nur gut, dass wir überhaupt was an der Wand hängen haben.

Manchmal streift mich der Gedanke, mein Vater hätte vielleicht lieber Elise heiraten sollen. Wenn meine Mutter sich darüber beklagt, wie anstrengend Elise ist, pflichtet er ihr zwar gelegentlich bei, aber an seiner Stimme höre ich, dass es ihn nicht weiter interessiert. Ich finde Elise ziemlich normal und kann nicht nachvollziehen, weshalb Mama sich so über sie aufregt. Elise arbeitet als Briefträgerin und wohnt in einer Wohnung in der Stadt, sie hat einen Hund, guckt fern und ist, na ja, ganz normal eben. Abgesehen davon, dass sie auch noch malen kann.

Vielleicht ist meine Mutter ja eifersüchtig, wer weiß. »Armes Schwesterchen«, sagt sie immer, wenn sie gerade mal nicht über Elise herzieht, »mein armes Schwesterchen, wird wohl nie einen Mann finden, dafür ist sie viel zu wählerisch, hält sich wahrscheinlich für was Besseres.« So wie Mama das sagt, hört es sich aber eher so an, als würde sie sich wünschen, sie wäre selbst ein bisschen wählerischer gewesen, und ganz und gar nicht, als hätte sie Mitleid mit Elise.

Meine Mutter wünscht sich bestimmt, sie wäre fünf Jahre jünger und würde allein in einer Wohnung in der Stadt wohnen, ohne die ganzen Verpflichtungen wegen uns. Aber was sollte sie dann mit sich anstellen? Sie müsste wohl wieder mit dem Häkeln anfangen.

Ich hingegen sitze auf dem Sofa und merke beim Betrachten dieses Bildes, wie sehr mir Elise fehlt. Unser letztes Treffen liegt schon eine ganze Weile zurück. In der Regel kommt sie an einem Nachmittag im Monat mit etwas Selbstgebackenem vorbei. Aber jetzt war sie schon über einen Monat nicht mehr bei uns. Elise ist so ziemlich die einzige Erwachsene, in deren Gegenwart ich mich nicht entweder merkwürdig, befangen oder fehl am Platze fühle. Genau genommen ist sie die Einzige, mit der ich einigermaßen normal reden kann. Nicht unbedingt wahnsinnig viel und auch nicht bis ins Detail über meine intimsten Gedanken, aber immerhin. Bei ihr habe ich das Gefühl, nicht ständig darüber nachdenken zu müssen, wie ich bin und was ich sage.

Sie steht im Telefonbuch. Normalerweise rufe ich sie nicht an, aber auf einmal spüre ich das dringende Bedürfnis, sie zu sehen, jetzt sofort.

Nach dem achten Klingeln nimmt sie ab.

»Hallo, ich bin's, Möwe. Hast du etwa noch geschlafen?«, frage ich.

»Mm, hallo, Möwe«, begrüßt sie mich. »Ehrlich gesagt schlafe ich immer noch, ich hatte heute Nachtschicht.«

»Ich dachte, ich komme mal vorbei.«

»Ja, super«, antwortet sie mit einem Gähnen.

Sie klingt nicht gerade, als fände sie die Idee so besonders super.

»Aber du willst bestimmt noch schlafen.«

»Mm, das wäre traumhaft.«

»Okay … bis dann.«

»Mm.«

Wir legen auf. Es klingt, als würde sie den Hörer aus einem Meter fallen lassen. Wie versteinert stehe ich neben dem Telefon.

Hatte ich wirklich geglaubt, sie würde vor lauter Freude über ein Treffen mit mir einfach alles stehen und liegen lassen und sich nicht weiter um ihre Müdigkeit scheren? Hatte ich wirklich geglaubt, ich würde ihr irgendetwas bedeuten, also über den bloßen Umstand hinaus, dass ich das Kind ihrer Schwester bin?

Wie versteinert stehe ich neben dem Telefon und überlege, warum es mich gibt.

Da klingelt das Telefon. Ich zucke zusammen.

Ich lasse es dreimal läuten, bevor ich abnehme.

»Ja, hallo, ich bin's, Elise. Tut mir leid wegen eben, ich war noch nicht richtig wach. Ich fände es total super, wenn du auf einen Besuch vorbeikommen würdest! Wie wär's mit in ein paar Stunden, dann könnte ich vorher noch etwas schlafen?«

»Ja, aber nur, wenn dir das auch recht ist«, antworte ich.

»Na klar!«, sagt sie. »Komm um vier, bis dahin kann ich uns auch etwas zu essen vorbereiten.«

Wir legen auf. Wie versteinert stehe ich neben dem Telefon. Vielleicht klang sie ja doch ein bisschen erfreut über meinen Besuch. Ein klitzekleines bisschen.

Was fange ich jetzt so lange mit mir an, bis um zwanzig nach drei der Bus in die Stadt geht? Ich streife ziellos durchs Haus und dusche. Esse belegte Brote und sehe mir dabei einen alten Schwarz-Weiß-Film an. Setze mich eine Weile nach draußen auf die Treppe und lasse mir ein paar Sonnenstrahlen ins Gesicht scheinen. Lese ein bisschen in dem Buch über das Boxen: »Kein Sport ist körperlicher, direkter als Boxen. Kein Sport hat eine so starke erotische Wirkung: die Konfrontation im Ring – das Entkleiden – der schweißtreibende, hitzige Kampf, der zugleich Tanz, Werbung, Paarung ist – die wiederholte, heftige Verfolgung des anderen durch den Ring, die der Kampf, der naturgemäß und gewaltsam auf ein K.o. abzielt, mit sich bringt.«

Damit also vertreiben die sich da unten im Box-Club die Zeit. Mit erotischem Kampf. Was ein Glück, dass ich im Supermarkt nicht diese Passage zitiert habe. Das wäre definitiv schlimmer gewesen. Toller Trost. Schon klar, dass die Autorin das im übertragenen Sinne meint, aber trotzdem. Vielleicht sollte ich versuchen, gegen Henrietta im Ring anzutreten. Und mir wenigstens einen ordentlichen Schmatzer von ihrem Handschuh abholen.

Die Zeit vergeht.

Ich hinterlasse eine Notiz auf den Küchentisch.

Bin bei Elise. Komme spät.

Im Bus ist nicht viel los. Nur ein paar Rentner. Heute sitzt der Finne am Steuer, der ist ganz in Ordnung, wenn auch etwas träge. Stickan ist der Schlimmste, der guckt einen immer an, als wolle man sich in seinem Bus besaufen und dann alles vollkotzen und bekritzeln. Er hasst Jugendliche. Pech für ihn. Wahrscheinlich hat er keine eigenen Kinder. Oder sie werden so streng erzogen, dass sie sich nicht einmal trauen, ohne seine Erlaubnis einen Bleistift anzuspitzen. Ich kann mir gut vorstellen, wie er den Gürtel zückt und zuschlägt.

Wer sein Kind liebt, der züchtigt es. Wer hat sich denn den Mist ausgedacht? Das ist doch total krank.

Norden, Süden, Osten, Westen, zu Hause ist es doch am besten

Schon im Treppenhaus duftet es lecker nach Essen.

»Ach schön, dass du auf einen Besuch vorbeischaust! Los, komm rein«, begrüßt mich Elise beim Öffnen der Tür.

Sie drückt mich fest an sich. Ihr Hund Gollum kommt schwanzwedelnd angetobt. Auf dem Weg in die Küche kraule ich ihn. Elise trägt eine Art breites, grünes Haarband, einen schwarzen Pullover und eng sitzende Jeans. Mehrere Fenster stehen offen, im Wohnzimmer läuft das Radio. Sie zieht eine Quicheform aus dem Ofen.

»Ich habe einen Bärenhunger, wollen wir gleich mit dem Essen loslegen?«, fragt sie.

»Hast du inzwischen ausgeschlafen?«, erkundige ich mich.

Sie lacht.

»Ja doch, mach dir da mal keine Gedanken!«

Wir setzen uns an den Tisch. Gollum legt sich mit einem Schnaufer darunter. Eigentlich hatte ich mich nicht für besonders hungrig gehalten, aber als ich dann am Essen bin, habe ich das Gefühl, ich könnte Berge verdrücken. Als ich das zu Elise sage, wirkt sie zufrieden. Sie ist eine Pedantin. Bei ihr ist es immer sauber und aufgeräumt. Bei uns zu Hause liegen überall Dinge an Orten, wo sie nicht hingehören. Elise scheint eine Vorliebe für Weiß und Holz, genauer gesagt Kiefer, zu haben. Ihre gesamte Wohnung sieht ein wenig nach Ikea-Katalog aus. Aber gemütlich. Ich fühl mich wohl.

Elise erzählt von ihrer Arbeit. Von all den sauertöpfischen alten Knackern, die ihr auflauern, damit sie ihr die Leviten lesen können, falls sie ein bisschen zu spät kommt oder ein bisschen zu früh oder wenn sie nicht dabeihat, worauf sie gewartet haben. Ich muss lachen, als sie einen der Kandidaten des heutigen Tages nachäfft, indem sie über den Tisch hinweg den Blick in mich bohrt und mit tierisch wehleidiger Stimme sagt: »*Nur damit Sie's wissen, Sie sind ganz schön laut! Sie knallen mit der Tür, und mit dem Briefkastendeckel auch. Dabei geht es mir überhaupt nicht gut, ganz im Gegenteil!*«

Elise muss ebenfalls lachen, doch dann sagt sie, dass ihr diese Menschen leidtun, weil es nichts Wichtigeres in ihrem Leben gibt, als sich über solche Dinge aufzuregen.

»Sie sind wahnsinnig einsam«, sagt sie jetzt ernst. »An manchen Tagen bin ich vermutlich der einzige Mensch, der ihnen über den Weg läuft. Kein Wunder, dass sie griesgrämig werden. Ich bin in der Früh schließlich auch nicht unbedingt die Freundlichkeit in Person.«

Plötzlich fällt mir wieder ein, dass Elise ja auch allein ist. Sie ist immer so fröhlich und mit hunderttausend Dingen beschäftigt, dass ich normalerweise gar nicht darüber nachdenke, dass sie allein wohnt. Gollum nicht mitgezählt, versteht sich. Anscheinend gehen ihre Gedanken in dieselbe Richtung.

»Bestimmt werde ich eines Tages auch so«, sagt sie. »Stehe hinter der Tür und lauere den Leuten auf.«

Sie sagt es im Scherz, klingt jedoch lange nicht mehr so fröhlich.

»Warst du schon mal verliebt?«, frage ich und merke selbst, wie dumm sich das anhört.

Natürlich war sie schon verliebt!

»Na klar, schon unzählige Male«, sagt sie mit einem Schmunzeln. »Nur leider waren die, in die ich verliebt war, nie in mich verliebt, oder zumindest nicht genug. Und die, die mich gut fanden, haben mich nicht interessiert.«

»Fühlst du dich nicht manchmal einsam, so ganz ohne jemanden?«, will ich wissen.

»Na ja, zeitweise gibt es da schon immer wieder mal jemanden, für ein paar Tage oder Wochen. Aber nach einer Weile genieße ich es meist auch, wieder für mich zu sein. Ich bin mittlerweile wohl einfach schon zu alt dafür, noch auf Dauer mit jemandem zusammenzuleben. Dafür habe ich mich schon zu sehr mit mir eingerichtet. Und mit meiner Bequemlichkeit. Ich will nicht noch damit anfangen, anderer Leute Socken aufzusammeln und hinter ihnen herzuräumen.«

Ich nicke. Als würde ich sie verstehen. Was ich aber nicht tue. Ich würde liebend gern hinter Henrietta herräumen und ihre Socken aufsammeln, wenn sie nur mit mir in einem Zimmer wohnen wollte. Außerdem müsste sie meine Sachen bestimmt auch wegräumen, es würde sich somit die Waage halten.

»Weißt du, manchmal glaube ich, die Liebe, also dass man sich in eine ganz bestimmte Person verliebt, nach der man sich immerzu sehnt und von der man hofft, sie eines Tages zu heiraten, dass das nur so eine fixe Idee ist. Etwas, das wir Menschen uns ausgedacht haben, um unser Leben ein wenig spannender zu gestalten.«

»Wie, du meinst also, dass wir uns das alles nur einbilden? Wie bei einem Spiel?«, frage ich.

»Ja, aber einem Spiel für Erwachsene. Früher war schließlich auch nie von Liebe die Rede. Da hat man geheiratet, weil die Eltern es für angebracht hielten oder weil's gut fürs Geschäft war oder was auch immer.«

»Das heißt, man ist eigentlich überhaupt nicht verliebt? Sondern redet sich alles bloß ein, damit das Leben nicht so trostlos ist?«, frage ich.

Elise sieht mich mit einem breiten Grinsen an.

»Doch, natürlich ist man verliebt«, sagt sie. »Aber manchmal fände ich es auch ganz angenehm, man bekäme einfach jemanden vor die Nase gesetzt. Nach dem Motto: Bitte sehr, ihr lebt ab jetzt zusammen, also arrangiert euch. Das würde einem doch jede Menge Ärger ersparen.«

»Es gibt heute noch Eltern, die für ihre Kinder entscheiden, wen sie heiraten sollen«, wende ich ein.

Elise nickt.

Nach einer Weile sagt sie: »Das einzig Traurige ist, dass ich nie Kinder bekommen und Mutter sein werde«, und ich sehe, wie ihre Augen wässrig werden.

Sie blickt mich an und lächelt verhalten.

»Deshalb ist es ja auch so schön, dass du mich besuchen kommst und wir uns ab und zu treffen.«

Sie steht auf, holt ein Taschentuch und schnäuzt sich.

Außer im Fernsehen habe ich noch nie einen Erwachsenen weinen sehen.

»Kann ich irgendetwas tun?«, frage ich.

»Was? Etwa deswegen?«, fragt sie und deutet auf ihr Gesicht. »Nein, ich bemitleide mich nur noch ein bisschen selbst, dann können wir uns wieder über etwas anderes unterhalten. Alles halb so wild«, fügt sie noch hinzu. »Du brauchst nicht so erschrocken zu gucken.«

»Zu Hause weinen wir nicht voreinander«, sage ich. »Abgesehen von Ville natürlich. Aber Mama habe ich noch nie weinen sehen.«

Elise nickt, offenbar ist das nichts Neues für sie.

»Und hast du sie denn schon mal lachen sehen?«, fragt sie.

Ich brauche einen Moment, bevor ich kapiere, dass sie bloß Spaß macht.

»Wollen wir eine Runde auf den Balkon gehen? Ich versuche gerade, mir das Rauchen wieder anzugewöhnen«, sagt Elise.

Auf dem Weg durchs Wohnzimmer schaltet sie das Radio aus. Der Balkon ist genauso ordentlich wie der Rest der Wohnung. Er beherbergt einen großen Blumentopf mit einer gigantischen Pflanze darin, weiße Gartenmöbel und eine Gießkanne.

»Malst du noch?«, möchte ich wissen, als wir draußen sind.

Bevor Elise antwortet, zündet sie sich eine Zigarette an und stößt hastig den Rauch aus.

»Nein, daraus wird nie was. Irgendwie habe ich keine so

richtige Lust mehr. Ich werde nie so gut sein, wie ich mir das wünschen würde.«

Sie hält inne und raucht ein paar Züge.

»Dafür singe ich jetzt im Chor«, fährt sie fort. »Wir nennen uns die ›Soul Singles‹. Treffend, was?«

»Mm«, mache ich.

»Du solltest mal vorbeikommen und zuhören. Ab und zu singen wir in der Fußgängerzone.«

»Du weißt schon, dass Rauchen gefährlich ist, oder?«, frage ich.

Dabei finde ich eigentlich, dass sie mit dem Rauchen aufhören sollte, weil sie es nämlich nicht kann. Sie kann noch nicht einmal Lungenzüge nehmen. Ich meine, nicht dass ich rauche, aber wie es aussehen muss, weiß ich sehr wohl.

»Ja schon, aber ist es nicht herrlich, ein wenig gefährlich zu leben? Man muss sich schließlich den kleinen, verwerflichen Herausforderungen stellen, die uns die heutige Gesellschaft so bietet«, erwidert sie.

»Und deine Singstimme?«, frage ich.

»Wird dadurch nur umso souliger und tougher.«

»Na dann.«

Wir schauen über das Balkongeländer. Unten im Hof steht eine Mutter und starrt ins Leere, während ihr Kind gesammelte Steine auf den Rasen wirft.

»Warst du denn schon einmal verliebt?«, will Elise wissen.

»Mm«, antworte ich.

»Mm«, macht sie mich nach. »Und bist du's jetzt auch?«

Sie bekommt Rauch ins Auge und blinzelt mich an.

»Ja«, antworte ich.

»Verstehe«, sagt sie mit einem kleinen Lächeln und nickt bedächtig.

Ich möchte so gern davon erzählen. Wenn ich jemandem davon erzählen würde, dann Elise. Sie würde mich nicht auslachen oder irgendwelche komischen Ansichten zum Besten geben. Aber ich kann nicht.

»Du weißt, dass du jederzeit hier übernachten kannst oder vorbeikommen, wenn irgendwas ist? Wenn du den Bus verpasst hast zum Beispiel«, sagt sie.

Ich nicke. Sie ist wirklich nett.

»Neulich waren wir abends im Kino«, sage ich.

»Aha, und war der Film gut? Habt ihr nebeneinandergesessen und alle um euch herum gestört?«, fragt sie mich weiter aus.

»Nein.«

Sie muss lachen. Ich lache ebenfalls.

»Alles klar«, sagt sie mit einem Kichern. »Na, dann kann es ja nur besser werden, was?«

»Ja, vielleicht«, erwidere ich.

»Tja, das mit der Liebe ist so eine Sache. Man muss sich erst einmal daran gewohnen.«

Daran gewöhnen, na prima.

Es tut richtig gut, über den misslungenen Kinoabend zu lachen. Auch wenn ich beileibe nicht alles erzählen kann, nicht, was hinterher geschah. Als Henrietta nicht einmal zugeben wollte, dass wir gemeinsam dort waren. Aber vielleicht waren wir das ja auch gar nicht? Dabei war sie doch diejenige, die mich dorthin bestellt hatte.

»Sag mal, in der Öffentlichkeit sollte ich vielleicht lieber noch nicht rauchen, oder was meinst du?«, fragt mich Elise, als wir schon im Flur stehen und ich gerade gehen will.

»Was?«, frage ich zurück.

»Es sieht noch nicht wirklich gut aus, oder?«, fährt sie fort. »Ich hab's noch nicht so richtig drauf.«

»Nein, vielleicht solltest du lieber noch etwas üben«, erwidere ich.

Elise gibt mir mit der Hand einen leichten Klaps über den Kopf und lässt ihren Arm dann um meine Schultern liegen. Sie drückt mich.

»Besuch mich bald wieder«, sagt sie. »Und wenn mein Schwesterherz zu anstrengend wird, kannst du jederzeit für ein paar Tage hier wohnen.«

Ich nicke.

»Aber sie hat auch ihre guten Seiten. Sie hat es nicht immer leicht gehabt. Außerdem ist es ganz schön hart, wenn man als große Schwester ständig das Gefühl hat, nie ganz zu genügen. Sie wird sich schon noch bessern.«

Wir werden sehen. Ich möchte Elise gern glauben.

Als ich nach Hause komme, ist es schon ziemlich spät. Ich hoffe, meine Mutter ist schon im Bett. Doch als ich an der Küche vorbeigehe, sitzen alle beide dort drin. Ganz als hätten sie auf mich gewartet. Sie haben auf mich gewartet.

»Meinst du, Ausflüge in die Stadt sind deiner Erkältung besonders zuträglich?«, fragt mich meine Mutter. »Abgesehen davon bist du vielleicht ansteckend.«

»Mir ging's am Nachmittag wieder besser«, erwidere ich.

Meine Mutter sieht meinen Vater an, ihr Blick sagt: »Jetzt sag du doch auch mal was, ich hab hier ja nichts zu melden.«

»Dir ist hoffentlich klar, dass das so nicht geht, du kannst nicht einfach schwänzen und dann abends spät nach Hause kommen«, sagt mein Vater. »Du musst doch an die Schule denken.«

»Was denkst du dir denn dabei? Also, man kann ja sagen, was man will, aber Schwänzen war doch bisher noch nie ein Problem«, fährt meine Mutter fort.

Letzteres ist an meinen Vater gerichtet, so als wäre ich überhaupt nicht da. Oder taub.

»Stimmt, sonst ging's immer bloß ums Saufen, Klauen und Kiffen«, gebe ich zurück.

Meine Mutter kneift den Mund zusammen. Mein Vater schüttelt den Kopf.

»Reiß dich einfach am Riemen«, sagt er. »Ganz egal, was es ist, in die Schule musst du auf jeden Fall.«

»Könnt ihr mich nicht einfach in Ruhe lassen?«, frage ich. »Bloß weil ich einmal nicht in der Schule war.«

»Klar, lassen wir unser Kind doch schwänzen. In Zukunft werden schließlich auch Leute gebraucht, die sauber machen oder an der Kasse sitzen«, sagt meine Mutter seufzend.

»Die Schule darf man nicht schleifen lassen, das geht sonst nach hinten los«, fährt mein Vater fort. »Wenn du so weitermachst, bekommst du später nicht mal einen Job im Supermarkt.«

Ich habe keine Lust, mir das noch länger anzuhören.

Ich verlasse die Küche und verschwinde in mein Zimmer.

Das Herz muss siegen oder brechen

Am nächsten Montag stehe ich wie gewohnt auf und gehe zum Bus. Sie sollen sich ja nicht einbilden, das Gespräch hätte mich in irgendeiner Form beeindruckt. Aber so früh am Morgen ertrage ich noch keinen Streit. Als der Bus an der Schule hält, bleibe ich sitzen und steige stattdessen in der Stadt aus.

Gegen zehn kommt eine SMS von Rebecka:

Wo steckst du?

Ich:

In der Stadt.

Rebecka:

Im Sessan?

Ohne eine Antwort gehe ich ins Café *Sessan* und lasse mich dort mit einem Getränk nieder. Zwanzig Minuten später kommt Rebecka herein.

»Krass, wie rebellisch du geworden bist, gleich mehrere Tage am Stück zu schwänzen! Und die Matheklausur morgen gedenkst du wahrscheinlich auch nicht mitzuschreiben?«

»Ups.«

Die Klausur hatte ich völlig vergessen. Ich will sie eigentlich nicht verpassen, ich bin nämlich gut in Mathe. Meine Noten waren schon immer gut. Ich drücke mich normalerweise nicht vor Prüfungen. Normalerweise schwänze ich aber auch nicht.

»Keine Panik«, sagt Rebecka, »der Hausmeister hat mir deinen Spind aufgeschlossen, ich hab dir deine Bücher mitgebracht.«

Sie klopft gegen ihre Tasche.

»Ich nehme mal an, der Kinobesuch lief nicht so gut?«, erkundigt sie sich.

Ich schüttele den Kopf.

»Ich will nicht darüber reden.«

»Aber was hat sie denn gesagt?«, ignoriert Rebecka meine Worte.

»Wir haben Lisa getroffen, und daraufhin sind sie und Henrietta noch einen Kaffee trinken gegangen. Henrietta wollte mich nicht dabeihaben.«

»Woher weißt du das? Vorher wollte sie doch auch mit dir Kaffee trinken gehen.«

In mir steigt Wut auf. Als wäre mir das nicht selbst klar, ich bin schließlich nicht bescheuert. Aber dann klage ich ihr doch mein Leid. Dass Henrietta so getan hat, als wären wir bloß rein zufällig im selben Film gelandet.

Rebecka nickt bedächtig.

»Ist doch logisch, dass sie sich nicht traut, vor anderen Farbe zu bekennen. Schon gar nicht, solange sie nicht weiß, was du eigentlich willst. Wahrscheinlich warst du mal wieder die ganze Zeit stumm wie ein Fisch?«

»Hör endlich auf! Es hat keinen Zweck«, erwidere ich.

»Schon gut! Du kannst dich aber nicht dein ganzes Leben hinter deiner Feigheit verstecken!«, sagt Rebecka.

»Vergiss es, spar's dir einfach, lass mich endlich in Ruhe«, erwidere ich.

»Okay.« Rebeckas Tonfall verrät mir, dass sie meine Aufforderung exakt eine Sekunde lang beherzigen wird.

»Wenn du weiterhin in Selbstmitleid baden willst, meinetwegen«, sagt sie schließlich.

Ich antworte nicht. Rebecka steht auf.

»Ich geh zurück in die Schule. Willst du die Mathebücher jetzt haben oder nicht?«

Mit den Büchern verziehe ich mich in die Bib und pauke für den Rest des Tages. Es ist eine Wohltat, meinen Kopf mit Zahlen außer Gefecht zu setzen.

Nach Schulschluss laufen Rebecka und Carolin an der Bushaltestelle an mir vorbei. Rebecka bleibt stehen und kramt in ihrer Stofftasche herum. Ein Stückchen weiter bleibt Carolin ebenfalls stehen und wartet. Schließlich befördert Rebecka einen zerknitterten Zettel heraus.

»Ein paar Worte mit auf den Weg«, sagt sie mit einer Verbeugung. Ich greife nach dem Zettel.

»Bis morgen«, sagt sie.

Ich nicke und sie schließt wieder zu Carolin auf.

Ein Gedicht, was sonst. Und auch diesmal hat sie es nicht selbst geschrieben. Ich lese es nach dem Abendessen, in meinem Zimmer. Das Gedicht trägt den Titel »Misas Klagelied« und geht wie folgt:

Eine Misa bin ich, schon eine Ewigkeit,
die Misere ist meine Mutter, mein Vater das Selbstmitleid.
Eine Misa bin ich, eine Misa will ich sein;
Melancholie ist einfach herrlich, tauch ich in sie hinein.

Und wär ich eine Schönheit, und meine Nase eine Pracht,
bewundert noch von jedem, von allen mit Ehren bedacht,
dann schickten mir bald die Reichen und Großen
als Geschenk aus der Stadt in Cellophan gehüllte Rosen.

Doch alles geht zu Ende und flüchtig ist das Glück,
ja selbst das kleinste Röslein sticht dornenreich zurück.
Ich geh im Schein des Mondes den schwarzen Fluss entlang
und pflücke Anemonen – und denk an mich solang.

Unterzeichnet ist das Ganze mit *Selbstmitleidige Grüße von Tove Jansson und Rebecka*.

Ich hab's ja begriffen. Ich soll endlich damit aufhören, mir selbst leidzutun. Leicht gesagt.

Einmal nahm Henrietta mich bei der Hand. Sie nahm einfach meine Hand und lief neben mir her. Wir waren auf dem Weg irgendwohin und sollten immer paarweise gehen. Das war in der Grundschule. Als man noch mit jedem Händchen halten konnte. Man wurde sogar dazu aufgefordert. Sag ich ja – total verrückt, dass ich mich immer noch daran erinnere.

Warum fällt mir diese Begebenheit ausgerechnet jetzt wieder ein? Dieses Fragment aus meiner Sammlung von Henrietta-Andenken, die ich ab und zu hervorhole und aufpoliere. Dinge, an die andere Leute keinen weiteren Gedanken verschwenden würden. Die lieber alles daransetzen würden, echte Erinnerungen zu sammeln. Welche, die wirklich etwas bedeuten.

Ich bin mit Rebecka ganz einer Meinung, so kann es nicht weitergehen. Es muss etwas passieren. Und noch vor dem Einschlafen weiß ich auch, was. Zum hundertsten Mal beschließe ich, dass Henrietta Geschichte ist. Ich bin bloß noch aus alter Gewohnheit verliebt.

Von nun an wird es mir absolut schnuppe sein, wo Henrietta sich gerade aufhält oder was sie tut oder sagt, ob sie lacht oder sich mit irgendeinem Klappspaten unterhält. Ich packe meine gesamte Andenken-Sammlung zusammen und schließe sie in einem Schrank weg: ihre Hand in meiner (*Wollen wir mal 'nen Kaffee trinken gehen?*), den Kinobesuch, wie sie über den Schulhof rennt, unsere zusammengesteckten Köpfe beim Lesen der Schokokuchenverpackung. Ich habe nicht die Absicht, diesen Bildern jemals wieder Zutritt zu meinem Hirn zu gewähren.

Vor dem Einschlafen bin ich mit meinem Beschluss richtig zufrieden. Ich habe eine Entscheidung getroffen. Ich empfinde nichts Besonderes. Abgesehen von Erleichterung. In Zukunft wird mir endlich dieses seltsame Auf-und-Ab-Dasein erspart bleiben, und die ganze Grübelei. Die Matheklausur wird gut laufen. Das restliche Schuljahr ebenfalls. Ab jetzt werde ich meine Hausaufgaben wieder ordentlich erledigen. Und mit Robin nach der Schule zum Flippern gehen. Außerdem werde ich jedem weiteren Ärger mit meinen Eltern aus dem Weg gehen. Ich werde zu meinem alten entspannten und ausgeglichenen Ich zurückkehren.

Die Matheklausur läuft gut. Ansonsten würde es sich anders anfühlen. Robin und ich sind ungefähr gleichzeitig fertig. Wir gehen raus und setzen uns auf eine Bank.

»Wie lief's?«, frage ich.

»Die Zukunft wird es weisen«, erwidert Robin.

Und damit ist das Thema abgehakt. Robin zieht sein Buch mit den Redewendungen heraus und reicht es mir. Er behauptet, seine Lehrzeit sei beendet. Und er proppenvoll. Jetzt sei ich an der Reihe.

Ich denke: Es ist vorbei. Jetzt ist es vorbei. Ich empfinde nichts Besonderes. Ich sitze ganz entspannt und zufrieden da.

Tobias, Hugo und Frida kommen heraus und setzen sich zu uns. Frida will wissen, was ich bei der letzten Aufgabe herausbekommen habe.

Plötzlich entdecke ich sie. Sie geht mit Lisa und noch jemandem aus ihrer Klasse an der Sporthalle entlang. Das versetzt mir einen Stich, tut sogar richtig weh, irgendwo in den Tiefen meines Brustkorbs. Gleichzeitig fühlt es sich an, als hätte mir jemand einen harten Schlag in die Magengrube versetzt, und ich ringe nach Luft.

Ist das Liebe?, denke ich.

Und das ist jetzt also Liebe?

So viel zu meinem »gewohnten ausgeglichenen Ich«. Ab durchs Fenster, Bruchlandung und tschüss.

Ich kann mich nicht länger auf die Mathe-Unterhaltung

konzentrieren. Schweigend sitze ich daneben, während Zahlen und Seufzer zwischen den Mündern meiner Klassenkameraden durch die Luft sausen.

Es vergehen Tage.

Dumpfe, umnebelte, langsame Tage. Die Wärme hält endgültig Einzug und die Hecke schlägt aus. Die Schuljahresabschlussfeier rückt immer näher, nur noch wenige Wochen. Doch ich befinde mich in einem Tunnel. Hinter mir geht Henrietta, mit aller Macht kämpfe ich dagegen an, mich umzudrehen. Mein Ziel liegt im Vorwärts, ich will das andere Ende erreichen und frei sein.

Ich will, dass der Tunnel hinter mir gesperrt wird und Henrietta und all meine Träume und Fantasien von ihr dort drin zurückbleiben.

Ich überlege, ob das Gehirn vielleicht nicht abschalten kann, dass es eine Person, an die man derart oft gedacht hat, nicht einfach vergisst. So, als wäre Henrietta hineinprogrammiert, in mein Gehirn hineintätowiert, und könnte so ziemlich jeden Augenblick auftauchen, wenn ich überhaupt nicht damit rechne.

In fünfzig Jahren vielleicht, wenn ich in irgendeinem Büro meine letzten Berufsjahre absitze und ein paar Unterlagen durchsehe, wird Henrietta plötzlich in meinem Kopf auftauchen. Und mir ihren Henrietta-Blick aus dem Augenwinkel zuwerfen. Und dann geht alles wieder von vorne los. Meine Sehnsucht und die Grübelei, ob aus uns jemals etwas hätte werden können, ob sie *wirklich* verliebt war in mich.

Und werden meine Liebe und die Sehnsucht dann kleiner sein als heute? Nehmen sie mit fortschreitendem Alter eher ab oder zu? Tätowierungen zumindest bleichen mit der Zeit aus, wenn man sie nicht ab und zu auffrischt. Aber sie wachsen auch mit dem Körper mit, dehnen sich aus. Und sie gehen erst weg, wenn man sie operiert. Lobotomiert.

Und das ist jetzt also Liebe?

Ich besitze exakt ein Foto von Henrietta. Man sieht, dass ich es heimlich aufgenommen habe. Auf der Schuljahresabschlussfeier in der Neunten. Damals war ich mir nicht sicher, ob sie auf dieselbe Schule wechseln würde wie ich, deshalb wollte ich mir wenigstens ein Bild von ihr sichern. Sie ist im Profil zu sehen, inmitten einer größeren Gruppe anderer in weißen Kleidern. Man sieht sie also nicht einmal von vorn. Das habe ich mich natürlich nicht getraut. Und außerdem habe ich es aus ziemlich großer Entfernung gemacht.

Ich habe mein Bestes gegeben, um es zu vergrößern. Man kann zwar erkennen, dass sie das ist, jedoch nicht besonders deutlich. Aber wenn man es noch mehr vergrößert, wird es zu pixelig. Es sieht aus wie eines dieser Polizeifotos, bei denen die Verdächtigen heimlich aus einem getarnten Auto heraus geknipst werden. Das Bild liegt bei mir nicht offen herum, es ist aber schon ziemlich abgegriffen. Ich verwahre es unten in der Dunkelkammer zwischen den Seiten eines Handbuchs der Fotografie.

Ach, wenn ich doch nur einmal die Gelegenheit bekäme, Henrietta ganz ohne Heimlichtuerei zu fotografieren! Wenn ich eine ganze Porträtserie von ihr machen könnte, als Reportage vielleicht: beim Training, in der Schule, in der Freizeit. Nahaufnahmen und Bilder, die sie bei irgendeiner Aktivität zeigen, beim Reden oder Lachen. Ich kann diese

Bilder vor mir sehen. Immer und überall. Sie würden absolut fantastisch werden.

Ich stehe beim Essen an. Rebecka tippt mir auf die Schulter. Sie, Lisa und Klara kommen gerade aus Französisch.

»Was gibt's zu essen?«

»Würstchen mit Kartoffelpüree«, antworte ich.

»Kinderteller«, kommentiert Rebecka.

Hinter Klara kommt Henrietta. Seit unserem Kinobesuch war ich nicht mehr in ihrer Nähe. Kein Wort habe ich mehr mit ihr gewechselt, seit wir uns verabschiedet haben und ich glotzend vor dem Friseursalon stehen blieb.

Ihr helles Haar. Das ärmellose Top, die nackten Schultern, die Schlüsselbeine. Ich wende mich halb ab. Lehne mich gegen die Wand. Rebecka sagt unnötig laut »Hallo« und kickt mich gegen die Ferse. Ich drehe den Kopf, will sie wütend anfunkeln und begegne Henriettas Blick. Ihrem Blick.

»Hallo«, sagt sie.

»Hallo«, sage ich.

Ich atme ein.

Henrietta löst die Augen von mir, und ich atme erleichtert aus.

»Am Samstag findet auf dem Granberg eine Party statt«, sagt sie zu Rebecka gewandt. »Wollt ihr nicht auch kommen?«

Rebecka sieht mich mit hochgezogenen Brauen an.

»Warum nicht«, erwidert sie.

»Ja, komm doch auch mit«, fährt Henrietta fort und sieht wieder zu mir.

»Mal sehen, vielleicht«, antworte ich.

»Prima, dann sehen wir uns dort«, sagt sie und schaut zurück zu Rebecka.

Kaum haben wir uns gesetzt, lehnt sich Rebecka zu mir vor.

»Dir ist hoffentlich klar, dass das deine definitiv letzte Chance ist? Dass es jetzt um alles geht?«

Ich blicke über ihre Schulter hinweg, zu dem Tisch ein Stückchen weiter, an dem Henrietta jetzt sitzt.

Meine letzte Chance.

Ich will keine letzte Chance. Ich will, dass es vorbei ist, aus und vorbei. Keine falschen Hoffnungen mehr. Am liebsten würde ich sie hassen.

»Die wollen doch bloß, dass möglichst viele Leute auf ihre Party kommen«, sage ich.

»Jetzt reicht's aber!«, fährt mich Rebecka an. »Wenn du immer noch nicht kapiert hast, dass sie dich eigentlich gerade dazu eingeladen hat, vorbeizukommen und mit ihr zu knutschen, dann kannst du den ganzen Kram von Liebe, Sex und Händchenhalten auch gleich komplett vergessen!«

Ich verdrehe die Augen, damit Rebecka die Klappe hält. Doch sie fährt fort:

»Sie muss schon tierisch verknallt in dich sein, dass sie es immer wieder aufs Neue versucht, dich aus der Reserve zu locken. Ich hätte schon längst kapituliert.«

»Danke«, erwidere ich.

»Aber ich bin nun mal nicht in dich verknallt, sondern deine allerbeste Freundin, und da macht man ja so ziemlich alles mit«, sagt sie und ihre Stimme klingt jetzt sanft.

Ich lasse mein Butterpäckchen in ihr Milchglas plumpsen. Sie fischt es mit der Gabel wieder heraus.

»Du bist in letzter Zeit so unentspannt«, sagt sie. »Und wo wollen wir am Samstag schlafen?«

Das ewige Problem bei uns in der Provinz. Der letzte Bus nach Hause fährt um Viertel vor zehn. Für Rebecka sieht es nicht viel besser aus. Der letzte Bus nach Skogsnäs geht um halb elf. Länger möchte man uns Bauern offensichtlich nicht wach wissen.

»In einem Buch habe ich von einem Pärchen gelesen, das sich abends heimlich in einem Möbelgeschäft hat einschließen lassen und dann dort übernachtet hat«, erzählt mir Rebecka.

Ich muss lachen.

»Ziemlich punkige Aktion, was? Allerdings haben sie bloß dort geschlafen, oder nein, Sex hatten sie schon auch, aber sie haben nichts kaputt gemacht oder so«, fährt Rebecka fort.

»Okay, und wohin gehen wir? Zu Möbel Mio?«, frage ich.

»Vielleicht nicht unbedingt am Samstag, da machen die, glaub ich, schon um zwei zu«, erwidert Rebecka.

»Dann eben ein andermal, wenn wir nicht wissen, was wir anstellen sollen«, schlage ich vor.

»Versprochen?«

»Okay«, sage ich, »aber kein Sex?«

»Kein Sex«, verspricht mir Rebecka und legt dabei die Hand aufs Herz.

Mir fällt Elises Angebot wieder ein.

Über Rebeckas Gesicht geht ein Strahlen, und ich verspreche, Elise noch heute Abend anzurufen.

Ich werde also auf diese Party gehen.

Wann genau habe ich das noch mal beschlossen?

Kleine Kinder, kleine Sorgen – große Kinder, große Sorgen

»Nein! Ach bitte!!! Das kann echt nicht euer Ernst sein!«

»Schluss jetzt, du kommst mit und damit Ende der Diskussion.«

»Stell dir nur mal vor, wie enttäuscht Gunnar wäre, wenn wir ihm sagten, dass du nicht mitfahren wolltest.«

»Wenn es nicht ausgerechnet sein Vierzigster wäre, aber in dem Fall fahren wir als Familie hin. So ist das eben. Das leuchtet dir hoffentlich ein. Alle werden dort sein.«

»Was ist denn so viel wichtiger?«

Meine Eltern machen gemeinsam Front gegen mich. Aber das ist ja nichts Ungewöhnliches. Der Bruder meines Vaters wird vierzig, und bei diesem feierlichen Ereignis muss die gesamte Verwandtschaft zugegen sein. Die Party auf dem Berg driftet davon wie eine Seifenblase und zerplatzt mit einem leisen Plopp an der gerunzelten Stirn meiner Mutter. Wieso wundert mich das? Wieso verschwende ich überhaupt noch Energie darauf, mich aufzuregen? Und dagegenzuhalten. Wieso stehe ich da und brülle irgendwas von einer Party, die ich verpasse, und dass Elise schon längst zugesagt hat, dass

Rebecka und ich bei ihr übernachten können, und dass Onkel Gunnar sich sowieso nicht die Bohne dafür interessiert, wer da ist, jedenfalls nicht, solange man kein Fotomodell ist.

»Jetzt hör mir mal gut zu«, sagt mein Vater, »du reißt dich jetzt gefälligst zusammen! Du brauchst nicht auch noch frech zu werden.«

Er klingt resolut. Die Worte selbst mögen nicht allzu ernst sein, doch sein Tonfall verrät mir, dass es keine gute Idee ist, noch länger zu meutern.

Gunnar ist seit ein paar Jahren mit einem Fotomodell zusammen. Sie ist nicht bekannt, sie arbeitet für irgendein Versandhaus. Ich finde sie eigentlich recht normal, alles in allem ganz nett. Doch Gunnar vergöttert sie, und solange sie im Raum ist, hat er für niemand anderen mehr Augen als für sie. *Zehn Jahre jünger, mindestens*, hatte meine Mutter immer wieder vor sich hin gebrummt, als sich die beiden gerade erst kennengelernt hatten, aber inzwischen hat sie es wieder vergessen. Sie mag das Fotomodell.

»Das kann so wichtig sein, wie es will, dieses Mal haben wir das letzte Wort«, sagt sie.

Dieses Mal.

Als ob sonst immer ich das letzte Wort hätte.

Wie ich es hasse, ihnen ausgeliefert zu sein. Ich werde von zu Hause ausziehen. So bald wie nur möglich. Und wenn es so weit ist, lasse ich sie nie wieder über mich bestimmen. Rein gar nichts.

Verdammte Scheiße.

»Blut ist jedenfalls wesentlich dicker als Wasser«, fährt meine Mutter fort.

Als würde sie damit das ein für alle Mal unwiderlegbare

Argument ins Feld führen. Jetzt kann ich mir das Lachen nicht länger verkneifen. Das sollte Robin mal hören. Was erwidert man auf so etwas? »Einen Moment, ich schlage nur schnell eine passende Antwort in meinem Lexikon der Redensarten nach.«

»Lach deiner Mutter nicht ins Gesicht!«

Mein Vater hat die Stimme erhoben.

Wieso knalle ich überhaupt noch diese olle Tür zu meinem Zimmer zu?

Wenig später kommt mein Vater durch die malträtierte Tür und bleibt hinter der Schwelle stehen.

»Mama hat jetzt mit Kochen angefangen«, sagt er.

»Aha«, erwidere ich hinter dem Buch hervor, das ich nicht lese.

»Vielleicht kannst du ja doch noch auf die Party, wenn wir wieder zurück sind«, sagt er.

Ich lasse das Buch sinken.

»Wann sind wir denn wieder zurück?«, frage ich.

»Na ja, das kann ich jetzt auch noch nicht mit Sicherheit sagen, das hängt ja auch ganz von der Stimmung ab und wann wir mit dem Essen fertig sind und so«, meint mein Vater.

Ich sage nichts.

»Aber eure Partys gehen doch immer ziemlich lange«, fährt er fort. »Bei Gunnar sind wir schon um drei, und ich kann mir kaum vorstellen, dass wir bis in die Nacht feiern.«

»Also sind wir am Abend vielleicht schon wieder in der Stadt?«

»Vermutlich«, sagt mein Vater.

Ich muss mich also mit einem Vermutlich begnügen. Vermutlich kann ich auf die Party. Vermutlich war Papa ziemlich nett. Vermutlich habe ich ihn über mein Buch hinweg angelächelt, bevor er wieder gegangen ist. Aber ich habe vermutlich nicht »Danke« gesagt. So gewiss erschien mir die ganze Angelegenheit dann auch wieder nicht. Eine Beziehung würde ich auf diesem Wort jedenfalls nicht aufbauen.

»Nimmst du deine Braut … an als deine Frau und versprichst du, ihr die Treue zu halten in guten und in bösen Tagen?« – »Vermutlich.«

»Dann musst du eben krank werden!«, schlägt Rebecka am nächsten Tag vor.

Wir sitzen auf der Treppe hoch zur Mensa und warten auf das Ende der Pause.

»Darauf würden sie nicht hereinfallen«, gebe ich zur Antwort.

»Dann musst du eben quer über den Küchentisch kotzen. Akute Magen-Darm-Grippe.«

Ich sehe sie wortlos an.

»Na ja, bist du jetzt verliebt oder nicht?«, fragt sie. »Überleg doch mal, wie cool es wäre, wenn du Henrietta erzählst, dass du um ihretwillen sogar gekotzt hast.«

»Total cool«, erwidere ich. »Und sexy.«

Rebecka muss lachen. Ich nicht.

»Gehst du auf jeden Fall hin?«, will ich wissen.

Rebecka zuckt die Achseln.

»Wenn ich jemanden finde, bei dem ich schlafen kann. Ich kann ja schlecht allein bei deiner Tante übernachten. Carolin geht wahrscheinlich hin.«

Ich betrachte zwei Mädchen, die am Fenster stehen und nach draußen spähen. Die eine schneidet eine Grimasse, woraufhin die andere hemmungslos kichert.

»Irgendwas musst du dir jedenfalls einfallen lassen«, sagt Rebecka.

»Es hat keinen Zweck«, antworte ich.

»Du gibst echt viel zu leicht auf.«

»Jetzt lass endlich gut sein.«

»Du solltest die Tür eintreten und ihnen mitteilen, dass du auf ihr verdammtes Familienessen scheißt, mal ein bisschen auf Krawall machen.«

»Hör auf damit, ich bin nicht du.«

»Du willst also einfach so aufgeben?«, fragt sie und sieht mich dabei an, als hätte sie noch nie einen solchen Feigling gesehen.

»Vielleicht schaffe ich's ja doch hin. Vermutlich komm ich ja.«

Dieses dubiose Vermutlich scheuert in meinem Mund.

»Du wirst noch mit dreißig einsam und allein draußen auf dem Land hocken, aber dann werde ich mir dein Gejammer nicht länger anhören«, fährt sie fort.

Da packt mich die Wut.

»Warum kommst du eigentlich nicht mit Henrietta zusammen, wo du so genau zu wissen scheinst, wie das geht? Du kannst gern Elises Telefonnummer bekommen. Aber vielleicht brauchst du die ja auch gar nicht. Ihr könnt ja draußen übernachten oder irgendwas anderes *Punkiges* machen, bei Möbel Mio einbrechen, zum Beispiel, und dort schlafen. Total punkig!«, fauche ich.

Jetzt sieht sie mich an.

»Du fandst die Idee auch lustig«, sagt sie. »Oder zumindest bin ich bisher immer davon ausgegangen, dass du auch meinst, was du sagst, aber vielleicht liege ich ja falsch.«

»Ja, vielleicht.«

Stopp, stopp, stopp, denke ich.

Stopp jetzt. Sag was Lustiges. Sag irgendwas, das sie zum Lachen bringt. Sag, dass ihr das Ganze einfach wieder vergesst. Was auch immer *das Ganze* sein mag. Henrietta, die Party und dieses verflucht überflüssige Mio-Möbelhaus.

Doch ich sage nichts. Wie üblich. Rebecka schweigt. Das wiederum ist ganz und gar nicht üblich. Um genau zu sein, sagt sie an diesem Tag außer »Tschüss« überhaupt nichts mehr zu mir.

Tschüss.

Für ihre Verhältnisse ist das echt extrem.

Fahr lieber in die Landschaft als zu deiner Verwandtschaft

Juhu, Geburtstagsfeier, Familienfest. Blut ist dicker als Wasser. Wein im Übrigen auch.

Gunnar und das Fotomodell freuen sich riesig, dass alle da sind, sagen sie. Das Fotomodell heißt natürlich nicht so, aber bei uns in der Familie wird sie schon immer so genannt. Zumindest solange sie außer Hörweite ist. Für mich ist sie ganz einfach das Fotomodell oder »das große F«.

»Wie läuft's mit dem Fotomodell?«, habe ich meinen Vater einmal am Telefon fragen hören. Sogar er nennt sie so. Und Gunnar hatte offensichtlich nichts dagegen. Manchmal frage ich mich, ob er sie im Stillen auch so nennt, »mein Fotomodell, das Fotomodell Hansson«.

Vielleicht wäre es weniger kompliziert, wenn einfach alle danach benannt wären, was sie sind. Fabrikarbeiter Hansson (mein Vater), Griesgrämigundverbittert Hansson (meine Mutter), Arbeitslos Hansson (mein anderer Onkel), Lehrerin Hansson (seine Frau), Quirlig Hansson (Ville), Waldarbeiter Hansson (Opa), Hausfrau Hansson (Oma) und Feigling Hansson (ich).

Wenn wir auf dem Land leben, dann wohnen Gunnar und das Fotomodell vollkommen ab vom Schuss, mitten im tiefsten Wald. Bis zum nächsten Nachbarn sind es bestimmt mehrere Kilometer. Falls man bei einer solchen Entfernung überhaupt noch von Nachbarn sprechen kann. Gunnar und sein Fotomodell wohnen in einem relativ neuen Backsteinhaus. Das Grundstück ist topfeben, hier und da wachsen ein paar kleine, struppige Büsche. Im Inneren des Hauses ist logischerweise auch alles ziemlich neu. Jede Menge Spiegel und modische Tapeten. Man erkennt mit einem Blick, welche Möbel ursprünglich Gunnar gehörten. Sie sehen wesentlich abgenutzter und gebrauchter aus. Die Sachen vom Fotomodell wirken alle blitzblank.

Es sind an die vierzig Gäste da. Überwiegend Verwandtschaft, aber auch ein paar Kumpels von Gunnar. Eine Freundin scheint zum Fotomodell zu gehören. Bei unserer Ankunft steht sie mit einem steifen Lächeln in der Küche. Gunnar stellt sie uns als Eva vor, und wir begrüßen uns.

Ich freue mich, Oma und Opa zu treffen. Vor allem Oma. Opa und ich hatten noch nie eine besonders enge Beziehung, weshalb, weiß ich eigentlich auch nicht so genau. Er sitzt vor sich hin mümmelnd auf einem Stuhl, das macht er ständig. Das ist so eine Angewohnheit von ihm, ich glaube nicht, dass er irgendetwas im Mund hat. Er hebt den Blick und nickt mir zu. Oma hingegen drückt mich ganz fest an sich, dabei streift ihre weiche, runzlige Wange meine. Sie riecht gut. Nach Oma.

Mein Vater hat neben Gunnar noch zwei weitere Brüder und eine Schwester, und alle haben ihren Anhang mitgebracht. Papas Geschwister sind alle jünger als er, und ihre

Kinder wiederum wesentlich jünger als ich. Außer Louise, die Tochter von Sonja und Rikard. Soviel ich weiß, geht sie in die Achte. Aber sie ist nicht hier. Im Gegensatz zu mir wurde sie offensichtlich nicht zum Mitkommen genötigt. Die anderen Kinder sind eher in Villes Alter. Sie haben somit ihren Spaß. Sie galoppieren hoch in den ersten Stock, von wo man sie kreischen und herumpoltern hört.

Ich hingegen scheine bloß pro forma hier zu sein, damit ich auch mit im Raum bin, ungefähr wie das Essen auf dem Tisch oder was man für eine anständige Feier halt so braucht. Aber mit dem Essen redet man nicht, höchstens noch darüber. Lobt es in den höchsten Tönen und spuckt es dann stillschweigend in eine Serviette.

Im Prinzip bin ich aber ganz froh darüber, dass man mich in Ruhe lässt. Die anderen plaudern munter drauflos, über ihre Jobs und über die Ferien, über diverse Wehwehchen und was man im Grunde alles tun sollte, aber nicht tut, was sie im Radio gehört haben, und oje, so ist das eben heutzutage.

In meinem Kopf pendeln die Gedanken zwischen der Party und Rebeckas stummem Gesicht hin und her. Ich ertrage keinen Streit mit ihr. Sie ist die Einzige, die Bescheid weiß. Die Einzige, die ich habe. Die Einzige, die mich wirklich kennt. Ohne sie bin ich unsichtbar.

Ich muss etwas unternehmen. Ich überlege mir eine ungemein eloquente Entschuldigung und schicke Rebecka eine SMS:

Sorry?

Fast sofort piept ihre Antwort herein.

Alles gut. Du bist du.

Ich atme erleichtert auf. Ich existiere noch. Ich bemühe mich um eine Antwort, die ihr zeigen soll, dass ich sie gernhabe:

Du bist toll.

Von uns beiden besitze jedenfalls nicht ich die poetische Ader.

»Ohne diese Dinger kommt man heute anscheinend nicht mehr aus«, sagt einer von Gunnars Freunden, als sein Blick auf mich fällt.

»Stimmt, heutzutage kann man ja nicht einmal mehr in Ruhe kacken gehen«, erwidert Rikard mit einem Lachen.

»Man kann es ja abschalten«, murmele ich.

»Was?«, fragt Rikard.

»Ist das da so ein Handy?«, will Opa wissen.

»Ich finde es gut, dass es Handys gibt. Besonders bei uns auf dem Land, wo die Häuser so weit auseinanderliegen. So können die Kinder mit ihren Freunden in Kontakt bleiben, und wir Eltern sind bei Bedarf ebenfalls erreichbar«, sagt meine Mutter mit einem Blick zu mir.

Elise hat recht, manchmal hat Mama auch ihre guten Seiten.

Sie unterhalten sich weiter über den »modernen Fortschritt«. Rikard holt sein Tablet heraus und führt es Opa vor.

Kurz darauf gibt es Essen.

»Du sitzt natürlich nicht am Kindertisch«, sagt das Fotomodell zu mir, als wir Platz nehmen sollen und ich mich in die Küche abseilen will. An sich ist es ja cool, dass sie mich zu den Erwachsenen zählt, allerdings hätte ich gern in der Küche gesessen. Wohl oder übel zwänge ich mich auf einen der Stühle und die Mahlzeit beginnt. Das Essen ist lecker, darin sind sich alle einig. Und der Wein auch.

»Ein Gläschen kannst du dir ruhig auch genehmigen«, sagt Mama.

Mein Vater nickt Eva zu, der Freundin vom Fotomodell, die gerade am Einschenken ist. Ich beobachte, wie der Wein langsam zum Rand des Glases hochsteigt.

»Ich weiß noch, als du klein warst«, sagt Tora, die Frau von Onkel Ulf. »Damals hast du unheimlich gern Patiencen gelegt. Stundenlang konntest du dich mit diesen Karten beschäftigen.«

»Daran erinnere ich mich auch noch«, antworte ich.

Ich sage nicht, dass ich das bestimmt bloß aus purer Langeweile so ewig betrieben habe.

Tora geht der Sache nicht weiter nach.

Ich starre in die brennenden Kerzen auf dem Tisch und denke an Henrietta. Überlege, was sie in diesem Moment wohl gerade macht. Ob sie an die Party heute Abend denkt. Ich denke an ihre Hand in meiner. An Henriettas Atemzüge so dicht an meinem Ohr im Dunkel des Kinos.

»Du bist immer so ernst«, sagt Ulf uber den Tisch hinweg.

»Ich kenne niemanden, der so ernst dreinschaut wie du«, pflichtet ihm Gunnar bei. »Aber lachen kannst du schon? Das haben dir Mutti und Vati doch hoffentlich beigebracht? Oder behandeln sie dich zu Hause so schlecht?«

»Ja«, sage ich mit einem Lächeln.

Alle lachen. Und wenden sich wieder ihren Tellern zu.

Mann, wie ich mich für dieses dämliche Lächeln hasse! Kann denen doch scheißegal sein. Man muss ja wohl nicht dauernd lächeln. *Niemand ist so ernst wie du*. Lieber ernst als krampfhaft lustig, hätte ich kontern sollen.

Ich weiß, ich bin ungerecht. Prinzipiell gibt es nichts an ihnen auszusetzen. Na ja, außer an Rikard vielleicht, Sonjas Mann, der hat nicht mehr alle Tassen im Schrank. Trotzdem habe ich keine Lust, hier zu sein. Wieso muss man sich mit Leuten treffen, mit denen man kein Wort redet? Und mit denen einen abgesehen von der Verwandtschaft, dem Blut, den Blutsbanden absolut nichts verbindet? Seit meiner frühesten Kindheit haben sie mich auf sämtlichen bisherigen Familienfesten getroffen, aber bedeutet das etwa, dass sie mich kennen? Nein. Dass ich sie kenne? Auch nicht.

Und wenn es so wäre, dass sie mich kennen, würden sie mich dann auch sehen? Wenn sie meine Gedanken lesen könnten, meine Sehnsüchte, wenn ich durchsichtig wäre. Was würden sie da sagen?

»Das geht auch wieder vorbei«, »Ich weiß noch gut, wie es war, jung und ahnungslos zu sein«, »Irgendwann kommt schon die große Liebe«, »Solche Sorgen sind ja wohl ein Fall für den Schulpsychologen«, »Dabei bist du so goldig«, »Das wird schon wieder«.

Nach dem Essen gibt es Kaffee, Cognac und Torte. Wir singen und lassen das Geburtstagskind hochleben, das seinerseits das große F küsst und Geschenke auspackt.

Oma und Opa verabschieden sich. Tora und Ulf ebenfalls. Einige Kinder verschwinden im Schlepptau ihrer Eltern aus der oberen Etage. Nur meine Eltern haben sich in ihren Sesseln häuslich eingerichtet und unterhalten sich ausgelassen. Noch ist das allerdings kein Grund zur Beunruhigung. Die Uhr zeigt erst sieben.

Ich gehe in die Küche. Eva bestückt gerade die Spülmaschine.

»Bist du nur zum Arbeiten hier?«, frage ich.

Sie blickt auf.

»Schon okay, ich kenne hier ja sowieso niemanden besonders gut. Es ist wichtiger, dass die beiden ausreichend Zeit für ihre Gäste haben.«

Ich setze mich an den Küchentisch und beginne, in einer Zeitung herumzublättern.

»Hast du schon die Nase voll?«, erkundigt sie sich.

»Ich bin bloß hier, weil ich muss«, antworte ich. »Ich will heute Abend noch auf eine Party in der Stadt.«

Sie nickt.

»Manchmal kann Verwandtschaft ganz schön nerven«, sagt sie.

Eine Weile lang herrscht Schweigen. Sie spült die Teller unter heißem Wasser ab. Über der Spüle steigt Dampf auf.

»Was arbeitest du?«, erkundige ich mich und fühle mich wie jemand aus der Runde im Wohnzimmer.

Allerdings frage ich, weil es mich tatsächlich interessiert. Ich kann mir kaum vorstellen, dass sie ebenfalls Fotomodell ist. Sie sieht überhaupt nicht danach aus. Sie ist hübsch. Was ich vom großen F nicht behaupten kann. Das große F sieht einfach aus wie irgendjemand aus einer Zeitschrift. Außerdem ist Eva jünger, fünfundzwanzig vielleicht oder sogar noch jünger. Es passiert mir nur selten, dass ich jemanden hübsch finde. Aber sie, die hier vor mir steht und Essensreste in den Mülleimer befördert, gefällt mir.

Wie beschreibt man jemanden, den man hübsch findet? Kurze dunkle Haare, braune Augen, Mund, Nase, Ohren,

Wangen etc. pp. Diese Beschreibung dürfte auf so einige zutreffen, was? Und von allen mit kurzen braunen Haaren fände ich etliche vermutlich hässlich, manche weder noch und ein paar wenige vielleicht sogar hübsch. Ich schätze mal, es liegt an ihrem Blick, den Proportionen ihres Gesichts und wie es sich im Einzelnen bewegt. Wie der Mund beim Sprechen aussieht, anfänglich ernst, dann lächelnd, wie sich das Gesicht dabei verändert, die Form ihrer Wangen. Aber ihre Bewegungen dürften auch eine Rolle spielen, Hände und Arme und was sie sagt.

Einmal hat ein neues Mädchen in unserer Klasse angefangen. Ich fand sie unheimlich niedlich. Bis sie den Mund aufmachte und nur jede Menge Stuss herauskam. Es bedurfte nicht vieler Worte, bis all das Niedliche an ihr verschwunden war.

»Ich wälze Bücher«, sagt sie.

»Ich auch«, erwidere ich.

Als wollte ich damit sagen, dass uns etwas verbindet. Dabei ist mir vollkommen klar, dass sie die Uni meint. Und es besteht ein Unterschied darin, ob man Bücher wälzt oder zur Schule geht.

Sie muss lachen. Aber es ist kein fieses Lachen.

Wir reden noch eine Weile über die Schule und Hausaufgaben und solche Dinge. Sie ist schließlich gar nicht so viel älter als ich. Ich bin so glücklich darüber, mich endlich unterhalten, antworten und fragen zu können, ohne mich dabei peinlich berührt oder dumm zu fühlen. In gewisser Weise fühlt es sich *erwachsen* an. Ich sitze auf einer Party mit einem hübschen älteren Mädchen in der Küche, wir unterhalten uns, und obendrein lacht sie noch über das, was ich ihr erzähle. Soll heißen über Dinge, die auch lustig gemeint sind.

»Hätte nicht gedacht, dass ich heute so nette Gesellschaft haben würde«, sagt sie.

»Ich auch nicht«, erwidere ich.

Sie lächelt. Ich blicke zum Fenster hinaus. Der Rasen, dann Fichten und noch mal Fichten.

»Eigentlich war ich davon ausgegangen, ich würde heute die meiste Zeit allein rumsitzen«, fährt sie fort.

»Ja, das große F klebt ja förmlich an Gunnar«, sage ich.

»Das große F?«, fragt sie.

Was sage ich jetzt? Mein Kopf ist leer. Sie weiß natürlich nicht, dass ihre Freundin von meiner gesamten Verwandtschaft nur »das Fotomodell« genannt wird. Ich war so entspannt, dass ich nicht mehr aufgepasst habe, was ich sage.

»Ich nenne sie immer das Fotomodell«, sage ich schließlich.

»Wen? Linda?«, fragt sie mit großen Augen.

Ich nicke.

»Das große F«, sage ich leise. »Weil sie doch als Fotomodell arbeitet.«

Eva bricht in lautes und anhaltendes Gelächter aus.

Nach einer Weile muss ich wieder an die Party heute Abend denken. Ich gehe ins Wohnzimmer, um meine Eltern daran zu erinnern, dass ich auch noch da bin und es eventuell an der Zeit wäre aufzubrechen. Die Zahl der Festteilnehmer ist weiter geschrumpft, es sind nur noch etwa zehn, zwölf Personen übrig, die sich lachend unterhalten.

Als ich hereinkomme, blickt mein Vater auf. Er stellt gerade ein halb volles Bierglas auf dem Tisch ab. Ich könnte meinen Hintern verwetten, dass da kein alkoholfreies Bier drin ist.

Ich schaue zu meiner Mutter, ihre Wangen schimmern rosig. Während sie Sonja lauscht, nippt sie irgendetwas aus einem kleinen Glas.

Ich hab's gewusst. Trotzdem gehe ich zu meinem Vater hin und frage ihn, was er denkt, wann wir heimfahren werden. Erinnere ihn an die Party, zu der ich noch will.

»Ach du Gott«, sagt er mit einem Lacher, »die hatte ich ja vollkommen vergessen. Entschuldige.«

»Na ja, jetzt kannst du jedenfalls nicht mehr fahren, du hast schließlich schon Wein und Bier getrunken«, wendet meine Mutter ein, die meine Frage natürlich mitbekommen hat. »Und ich traue mir das Fahren erst recht nicht mehr zu«, gluckert sie. »Ich traue mich ja schon im Normalfall kaum, wenn Lennart mit dabei ist. Er gerät immer total unter Hochspannung, wenn er nicht selbst am Steuer sitzen darf«, fährt sie mit einem Lächeln zu Sonja fort.

»Quatsch, ihr übernachtet selbstverständlich hier!«, wirft das große F ein. »Davon sind Gunnar und ich jedenfalls ausgegangen.«

»Ich sagte ja auch nur, dass wir *vielleicht* am Abend wieder zurück sind. Ist die Party denn so wichtig? Hier ist es doch bestimmt viel netter«, sagt mein Vater an mich gewandt.

Ich sage nichts. Was soll ich auch groß sagen? »Ja, was dachtest du denn, verdammte Scheiße!«

Dir ist hoffentlich klar, dass das deine definitiv letzte Chance ist?! Meine letzte Chance, hallen Rebeckas Worte in meinen Ohren wider.

»Ist denn gar niemand mehr da, der noch nach Hause fährt?«, frage ich schließlich.

»Nur noch Tryggve und Karin, aber die müssen ja in die entgegengesetzte Richtung«, erwidert das große F. »Alle anderen haben schon was getrunken.«

Sie blickt mich bedauernd an.

Eva betritt das Zimmer.

»Du hast nicht zufällig inzwischen den Führerschein und könntest Möwe mal schnell in die Stadt chauffieren?«, erkundigt sich Gunnar.

Eva schaut mich an und schüttelt den Kopf.

»Verpasst du jetzt die Party?«, fragt sie.

Ich nicke.

Ich verpasse die Party.

»Zu meiner Schulzeit sind wir nicht andauernd auf irgendwelche Partys gerannt«, stellt mein Vater fest.

»Louise konnten wir ja noch nicht einmal dazu bewegen, heute überhaupt mit hierherzukommen. Sie und ihre Freundinnen hatten ausgerechnet diesen Abend schon seit Wochen verplant«, wirft Sonja ein.

»Genau, sie veranstalten bei uns daheim im Keller so eine Art Videoabend. Sie hat mir aber versprochen, nur Mädchen einzuladen«, ergänzt Rikard.

»Ja, das ist einigermaßen beruhigend. Allerdings hätte ich schon meine Schwierigkeiten, mich wirklich darauf zu verlassen«, bemerkt meine Mutter.

»Schließlich will man beim Heimkommen nicht in irgendeine Orgie platzen«, fährt Rikard fort.

Sonja wirft mir einen verlegenen Blick zu und sieht dann wütend zu ihrem Mann.

»Nichtsdestotrotz habe ich ein besseres Gefühl, wenn ich weiß, dass sie bei uns zu Hause sind, falls irgendetwas passiert«, erwidert sie.

»Ja, falls Louise sich ein Kind andrehen lässt, dann passiert's wenigstens bei *uns* im Keller«, gibt Rikard zurück.

»Wenn du die ganze Nacht weg wärst, würde ich mir auf jeden Fall Sorgen machen«, sagt meine Mutter mit einem Blick zu mir. »Du hast dich doch bisher nicht so für Partys interessiert.«

Ich sage nichts. Was will sie von mir hören? »Nein, insofern ist es auch überhaupt nicht schlimm, wenn ich die hier auch noch verpasse.«

»Fotografierst du noch?«, will Sonja wissen.

Ich nicke.

»Wunderschöne Bilder«, wirft meine Mutter ein.

Ich kapiere überhaupt nichts mehr. Lob? Von ihr? Ich bin viel zu stinkwütend, um darüber Freude empfinden zu können. Das Gespräch schwenkt zur heutigen Jugend und wie man seine Kinder am besten vor Sex, Drogen und Rock 'n' Roll beschützt.

Ich gehe hinaus in den Flur und ziehe meine Schuhe an. Ich sitze mit einer Horde angetrunkener, halbschlüpfrige Reden schwingender alter Kerle und Weibsen auf dem Land fest. Ich brauche dringend frische Luft.

Draußen dämmert es bereits, doch die Luft ist noch lau. Ich behalte meine Jacke in der Hand und gehe zügig den Schotterweg entlang. Kicke einen Stein vor mir her. Und verfluche Gott und die Welt. Vor allem meine Eltern. Die kapieren echt überhaupt nichts! Und ausgerechnet sie müssen permanent darauf herumreiten, dass auf die Jugend kein Verlass sei. Und sind dabei selbst noch die Unzuverlässigsten von allen! Ständig müssen sie alles bestimmen und haben von nichts eine Ahnung. Zum tausendsten Mal sehe ich die Wohnung vor mir, in die ich so bald wie nur möglich einziehen werde.

Henrietta.

Jetzt ist es zu spät.

Ich muss mich geschlagen geben.

War das nicht genau das, was ich wollte? Dass irgendetwas passiert und ich endlich mit dem Hoffen aufhören kann?

Ich hole mein Handy aus der Jackentasche, um Rebecka eine SMS zu schicken. Zwei neue Nachrichten. Natürlich von ihr.

Hallo? Ruf mich mal an!

Und:

Ich geh jetzt los. Sehen wir uns dort?

Ich tippe eine Antwort:

Alle besoffen. Ich geb's auf.

Ich stehe regungslos mitten auf dem Weg, mitten im Wald. Warte. Es ist so still, dass meine Ohren rauschen. Als mein Handy endlich piept, klingt das Signal unnatürlich laut.

H ist hier. Was tun?

Ich weiß keine Antwort. Ich starre zum Himmel hinauf.

Henrietta. Hier. Henrietta. Hier. Ich hebe die Hand und lege sie auf die Stelle, an der ich mein Herz vermute. Der Wald ist still, in der Ferne beginnt eine Amsel ihr Lied. Mistverdammte verfluchte Kack-Scheiße.

Ich gehe weiter. Warum sollte ich umkehren?

Rebecka schreibt erneut:

H hat nach dir gefragt.

Ich schreibe:

Was hast du gesagt?

Nach einer halben Ewigkeit vollkommen regungslosen Wartens mitten auf dem Weg:

Verhindert, gefangen bei der Verwandtschaft.

Mit einem Seufzen gehe ich weiter. Was hätte sie auch sagen sollen? Was hätte was genützt? Begraben unter einer Lawine oder einem Zug. Jeder Grund würde wie ein Vorwand klingen, wie eine Ausrede. Ist jetzt aber auch scheißegal. Ab sofort werde ich kühl und distanziert sein, vollkommen gleichgültig und unnahbar, allein. Keine unberechenbaren Gefühle mehr, keine weiteren Enttäuschungen.

Cool.

Hart.

Leer.

So ist es am einfachsten.

Im Krieg und in der Liebe ist alles erlaubt

Nach ein paar hundert Metern kehre ich doch wieder um. Ich werde mich schlafen legen. Das hat sich noch immer bewährt, wenn etwas unerträglich wurde. Und wenn ich mich schon nicht mit Drogen und Alkohol betäube, kann ich meinen Gedanken wenigstens für eine Weile durch Schlafen entfliehen.

Das Haus vibriert von der Musik, die drinnen gespielt wird, es hüpft regelrecht auf der Stelle. Ich seufze zum hundertsten Mal und gehe hinein. Die Kinder wurden im ersten Stock zu Bett gebracht. Es ist mir unerklärlich, wie sie bei dem Lärm schlafen können, aber nach so viel Spielen, Essen und Torte sind sie vielleicht einfach ausgepowert.

Im Wohnzimmer wird herumgestakst. Getanzt? Ich bleibe in der Tür stehen. Sämtliche Lampen wurden gelöscht, stattdessen brennen Unmengen von Kerzen. Gunnar und das große F tanzen Boogie-Woogie, aber vor lauter Lachen wirkt ihr Tanz ziemlich abgehackt. Rikard schläft in einem Sessel, man könnte fast meinen, er wolle nie wieder aufwachen. Sonja und meine Eltern schlenkern wie wild mit sämtlichen Gliedmaßen und drehen sich dabei kichernd im Kreis.

Sie geben ehrlich gesagt ein ziemlich lustiges Bild ab. Ich muss lächeln. Diesmal wirklich. Und dann gehe ich auf die Toilette.

Das große F besitzt einen gigantischen Schminkschrank. Ich starre eine ganze Weile stumm auf all die Fläschchen und Tiegel, die unzähligen Nagellacke und Parfums. Absoluter Wahnsinn. Aber das ist schließlich ihr Job. Hoffentlich muss sie wenigstens nicht alles selbst bezahlen.

Mein Handy piept. Rebecka erstattet Bericht:

H gähnt. Lisa besoffen.

Ich will es gar nicht wissen. Ich will es einfach gar nicht wissen.

Ich hänge meine Jacke in den Flur und lasse mein Handy dort.

Das Wohnzimmer ist inzwischen leer, sogar Rikard ist verschwunden. Ich finde sie alle in der Küche.

»Hey! Willst du auch einen kleinen Mitternachtssnack?«, fragt Gunnar, als er mich entdeckt.

Ich schüttele den Kopf.

Sie sind allesamt mit Feuereifer damit beschäftigt, Brote mit Bergen von übrig gebliebenem Essen zu beladen und diese dann mehr schlecht als recht in einen kleinen Sandwich-Toaster zu quetschen.

»Hast du keinen Hunger?«, fragt mich meine Mutter.

Ich schüttele den Kopf.

Sie zuckt die Achseln.

»Im Keller haben wir Betten hergerichtet«, merkt das große F an.

Ich nicke.

Doch ich bin nicht müde.

Auf dem Granberg ist die Party in vollem Gang. Henrietta tuschelt mit Lisa. Ihre raue Stimme ganz dicht an Lisas Ohr.

Ich gehe hinaus in den Flur, um mein Handy auszuschalten. Ich will keine weiteren Updates. Ich werde Henrietta aus meinem Leben tilgen.

Eine neue Nachricht, war ja klar:

Jetzt geht sie.

Nachricht gesendet um 22.47 Uhr.

Jetzt geht sie und kommt nie mehr zurück.

Ich gehe ins Wohnzimmer und lasse mich aufs Sofa fallen.

»In dieser Dunkelheit kann man ja wirklich kaum etwas erkennen«, sagt Eva und taucht hinter einem Sessel auf.

Sie hatte in der Hocke gesessen und in Gunnars alten Vinylplatten gestöbert. Sie beugt sich über die Stereoanlage und legt eine Platte auf. Irgendwas, das ich noch nie gehört habe. Eine junge Frau, die schwermütig und getragen singt. Eva wiegt sich langsam auf der Stelle. Ich lasse meinen Kopf nach hinten gegen die Sofalehne sinken und schließe die Augen.

»Komm, lass uns tanzen«, sagt Eva und legt mir die Hand auf den Arm, zieht mich auf die Beine.

»Ich kann nicht tanzen«, gebe ich zurück.

»Diesen Tanz kannst du«, erwidert sie und legt ihre Unterarme auf meine Schultern.

Sie dirigiert mich vor und zurück, und nach ein paar Takten zieht sie mich ein paar Zentimeter näher an sich heran. Sie blickt mir ins Gesicht. Ich weiß nicht, was ich tun soll.

Also tue ich nichts, außer ihren Bewegungen irgendwie zu folgen.

»Du bist wirklich ziemlich ernst«, sagt sie leise.

Da muss ich lächeln.

Unsere Füße bewegen sich langsam über den Boden. Sie zieht mich noch näher an sich heran. Ihre Haare kitzeln mich an der Wange. Kurz überlege ich, was die anderen sagen werden, wenn sie aus der Küche zurückkommen. Aber nur kurz. Eva führt. Ich folge. Ich denke nicht. Ich brauche nicht zu denken.

Plötzlich küsst sie mich. Zuerst streifen sich unsere Lippen nur zart, doch dann treffen sie sich richtig.

Genau so muss es sich anfühlen, wenn man jemanden küsst, schießt es mir durch den Kopf. Genau so muss ein Kuss sein. Ein Nebelschleier hat sich mir über Brust, Kopf und Rücken gelegt. Schwer, warm und wohlig.

Sie sieht mir in die Augen und legt mir zwei Finger auf die Lippen. Dann küsst sie mich ganz, ganz sanft auf die Wange, und mit einem Mal ist alles vorbei.

»Das wird sich schon alles finden«, sagt sie.

Aus irgendeinem merkwürdigen Grund weiß ich, dass sie Bescheid weiß, und ich glaube ihr. Es wird sich alles finden.

Als Eva sich gerade auf dem Sofa niedergelassen hat und ich bei den Platten stehe in dem Versuch, sie mir anzusehen, kommt Rikard ins Zimmer geschwankt. Er setzt sich schwerfällig hin und beginnt von dem Teller zu essen, den er mitgebracht hat.

»Hier herrscht ja eine geradezu heitere Stimmung«, sagt er und meint vermutlich die Musik.

»Du darfst gern etwas anderes auflegen«, gibt Eva zurück.

Sie sieht zum Fenster hinaus. Während die anderen mit ihren Tellern zurückkehren, bleibe ich noch etwas am Regal stehen. Hoffe, dass Eva mich ansieht. Doch sie beginnt ein Gespräch mit Sonja, die sich zu ihr setzt. Ich weiß nicht, wie ich mich verhalten soll. Nach einer Weile gehe ich runter in den Keller.

Auf dem Fußboden liegen mehrere Matratzen verteilt, ich suche mir eine davon aus und ziehe sie in eine Ecke. Der Raum ist groß und lediglich mit einem langen braunen Ecksofa und einem riesigen alten Fernseher möbliert. Auf dem Boden liegt ein dunkelgrüner Teppich. Hier unten wirkt das Haus vollkommen anders als oben. Irgendwie alt und staubig. Aber egal. Ich lege mich auf meine Matratze und sehe zur Decke.

Ich kann mir nicht verkneifen, mit den Fingern über meinen Mund zu fahren. Noch vor einem kurzen Augenblick befanden sich dort die Lippen eines anderen Menschen. Traut man sich mit fünfundzwanzig eigentlich alles? Hat sie mich *gesehen*? Hat sie meinen Blick bemerkt, dass ich sie *auf diese Weise* angesehen habe?

Fand sie mich etwa gut aussehend? Das ist ja fast schon Verführung Minderjähriger. Doch es spielt keine Rolle, warum sie es getan hat. Sie kann mich zumindest nicht eklig oder hässlich gefunden haben. Das reicht mir schon. Ich bin mir vollkommen darüber im Klaren, dass sie älter ist und nicht ernstlich an einer so jungen und unerfahrenen Person wie mir interessiert. Aber irgendwas muss es ja gewesen sein. Das ihr gefallen hat.

Und Henrietta? Ich schiebe den Gedanken an sie beiseite. Ich habe schon so viel an sie gedacht und möchte jetzt nicht wieder alles von vorn durchkauen. Hiermit hat sie nicht das Geringste zu tun. Ich kann morgen wieder an sie denken. Oder nie wieder. Sie wird stillgelegt. Wie ein Kernkraftwerk.

In dem Raum brennt nur eine schwache Lampe, sie taucht alles in ihr gelblich warmes Licht. Ich fühle mich schläfrig, will aber eigentlich noch nicht schlafen. Ich schließe die Augen und stelle mir vor, wie Eva die Treppe heruntergeschlichen kommt und mit einem Lächeln an meine Matratze tritt. Ich hebe die Decke an und sie schlüpft darunter. Aber was, wenn sie das tatsächlich tut?! Wenn sie wirklich einfach neben mich schlüpft, sobald alle anderen im Bett sind? Dann darf ich jetzt erst recht nicht schlafen. Sonst liege ich am Ende noch in genau dem Moment sabbernd auf meinem Kissen, die Haare in alle Richtungen verteilt. Ich starre zur Decke. Lausche auf ihre Schritte auf der Treppe.

Dann ist Morgen. Meine Eltern schlafen noch auf ihren Matratzen. Auf dem Ecksofa liegen zerwühlte Decken, wer immer dort geschlafen hat, ist schon weg. Es riecht stickig nach Schlaf und schlechtem Atem. Ich wanke die Treppe hinauf, bin auf dem Weg zur Toilette und treffe im Flur auf das große F.

»Ich soll dich von Eva grüßen«, sagt sie. »Sie ist gerade mit Sonja und Rikard abgefahren.«

»Mm«, brumme ich.

Ich gehe in Richtung Toilettentür.

»Sie scheint dich zu mögen«, ruft mir das große F hinterher. »Komm in die Küche, dann kriegst du ein Frühstück.«

Vor der Abfahrt werfe ich noch einen Blick ins Wohnzimmer. Dieser Raum wird für mich nie wieder nur das Wohnzimmer von Gunnar und dem Fotomodell sein. Für mich wird er auf ewig das Zimmer bleiben, in dem es passiert ist. Jetzt, bei Tag, wo draußen die Sonne scheint, meine Eltern leicht verkatert sind und in der Küche der Geruch von Gunnars angebrannten Eiern mit Speck hängt, kommt mir alles total unwirklich vor. Doch die Existenz des Raumes dient wie als Beweis dafür, dass es wirklich so war, dass Eva mich gestern Abend tatsächlich geküsst hat.

Zuerst war ich enttäuscht, dass Eva schon abgefahren war. Aber vielleicht wäre es ja auch bloß krampfig geworden, wenn ich mit ihr vor Bergen von gebratenem Speck gemeinsam am Küchentisch hätte sitzen und so tun müssen, als ob nichts wäre.

Ich hätte sie gern gesehen. Ich hätte gern gesehen, wie sie mich sieht. Wie sie mich zum Beispiel anlächelt, wenn niemand hinschaut.

Als ich auf der Heimfahrt die Hand in meine Jackentasche stecke, stoße ich auf mein Handy. Ich will es gerade einschalten, da überlege ich es mir in letzter Sekunde noch einmal anders. Rebecka wird mir SMS schreiben und bald wird sie auch anrufen. Ich lasse es lieber aus. Das kann warten.

Ville knabbert an einem Keks und hält Goldie am Fenster hoch, damit sie hinausschauen kann. Während ich auf dem Rücksitz vor mich hin döse, höre ich meine Eltern über Rikard herziehen.

Frauen sind wie Schatten: Folgst du ihnen, laufen sie weg. Läufst du weg, folgen sie dir

Hatte ich wirklich geglaubt, Henrietta wäre stillgelegt? Wie ein Kernkraftwerk? Endlagerung für die Liebe? Meine Gefühle sicher in einem unterirdischen Bohrloch verwahrt, bis ihre Kraft ganz allmählich nachlässt?

Genauso stillgelegt wie das Kernkraftwerk von Barsebäck, würde ich jetzt mal behaupten.

Das Erste, was am Montagmorgen mein Blickfeld kreuzt, ist Henrietta, die den Schulhof überquert. Sie sieht mich und schaut weg. Durch meinen Körper jagt der altbekannte Schauer von Verliebtheit. Ich muss daran denken, was Elise gesagt hat, dass die Liebe nur eine fixe Idee sein soll. Als wäre das Verliebtsein bloß pure Einbildung. Und mein Körper wird bei Henriettas Anblick wohl auch nur aus alter Gewohnheit von Freude und Schrecken übermannt. Ohne das alles wäre es entspannter.

Später begegnet sie mir in der Cafeteria, in der Mensa und vor Biologie. Und schließlich läuft sie mir auch noch im Korridor über den Weg, gerade mal ein halber Meter trennt uns voneinander. Sie bringt es trotzdem fertig, in eine andere Richtung zu schauen. Mich nicht zu sehen. Und falls sie mich jemals gesehen hat, dann sind diese Zeiten nun endgültig vorbei.

Aber ich sehe sie. Meine Augen halten unablässig nach ihren flachsblonden Haaren Ausschau. Meine Ohren sind darauf kalibriert, ihre Stimme durch all die anderen Stimmen hindurch zu orten, durch das Gewirr von scharrenden Stühlen, Rufen und stampfenden Füßen. Jedes Mal, wenn ich sie irgendwo entdecke, beginne ich zu glühen und spüre, wie die Kernschmelze mein Blut zum Brodeln bringt. Also doch nicht stillgelegt? Sondern kurz vor dem Kollaps infolge von Überlastung?

Nach der letzten Stunde sehe ich sie zu allem Überfluss auch noch mit diesem Fredrik bei den Fahrrädern stehen und quatschen. Das tut weh. Nichts ist vorbei. Ich bin verliebt. Kein anderer Mensch auf der Welt ist so umwerfend, so schön, dass er derartige Gefühle in mir auslösen könnte. Und das ist jetzt also Liebe?

Trotz allem habe ich irgendwie nicht mehr so große Angst. Ich weiß jetzt aus eigener Erfahrung, wie sich ein Kuss anfühlen muss. Ich bin eine Person, die man auf einer Party im Wohnzimmer küssen kann. Es gibt Menschen, die mich sehen.

Keine Silbe von Rebecka, dass ich mich mehr dafür hätte ins Zeug legen müssen, um doch noch auf die Party zu kommen. Ganz kann sie es sich natürlich trotzdem nicht verkneifen und sagt, sie habe den Eindruck gehabt, Henrietta hätte auf mich gewartet. Ansonsten sagt sie nicht viel. Sie redet sogar so wenig, dass ich irgendwann nachhaken muss, ob sie nicht vielleicht doch sauer auf mich ist. Sei sie nicht, behauptet sie. Erst als ein Typ aus der Oberstufe, Tomas, herkommt und sie begrüßt, wird mir einiges klarer. Zum allerersten Mal sehe ich Rebecka rot anlaufen. Deshalb hat sie sich also nicht darüber beklagt, dass sie allein auf die Party musste.

»Was wird Rochester dazu sagen, wenn du nach Hause kommst?«, frage ich, nachdem Tomas gegangen ist.

»*Mister* Rochester habe ich ad acta gelegt, der alte Knacker ist nicht mehr aktuell«, antwortet Rebecka mit einem Grinsen.

»Und bist du sicher, dass Tomas besser ist?«, will ich wissen.

»Meines Wissens hat er wenigstens noch keine Ex auf dem Dachboden eingesperrt. Mr Rochester war mir am Ende dann doch ein bisschen zu crazy«, erwidert Rebecka.

Sie berichtet mir von der Party, wer alles da war und mit wem sie sich unterhalten hat. Die meiste Zeit jedoch schwärmt sie von diesem sagenhaften Tomas. Er schreibe ebenfalls Gedichte und lese gern, und man habe sich wahnsinnig toll mit ihm unterhalten können. Außerdem habe er sie auf die Wange geküsst. Auf die Wange. Etwas Wunderbareres habe sie noch nie erlebt. Ich höre ihr zu und beglückwünsche sie. Von meinem Kuss erzähle ich nichts.

In der Mittagspause werde ich draußen auf dem Schulhof von Sten abgefangen, er möchte mit mir reden. Robin runzelt die Stirn und trollt sich.

Sten ist unser Tutor. Er ist eigentlich okay, aber so ganz allein mit ihm herumzustehen, ist trotzdem etwas unangenehm, komplett anders, als wenn der Rest der Klasse mit dabei ist. Sten ist stämmig und irgendwie fleischig. Nicht unbedingt dick, aber kräftig. Und das macht sich beim Näherkommen bemerkbar.

»Du hast in letzter Zeit ganz schön oft gefehlt«, sagt er.

»Ich war erkältet«, antworte ich und sehe Robin hinterher, der durch eine Tür verschwindet.

»Ich hoffe, es gibt keine anderen Gründe. Ich könnte mir vorstellen, dass es gegen Ende des Schuljahres nicht immer leicht ist, noch bei der Stange zu bleiben?«, fährt er fort.

»Quatsch«, erwidere ich.

»Okay, ich wollte auch nur mal hören.« Er legt mir eine große, schwere Hand auf die Schulter und verlässt mich dann mit einem Nicken.

Ach tatsächlich? Das war wohl eher ein Wink mit dem Zaunpfahl, dass ihm mein Schwänzen aufgefallen ist. Und dabei dachte ich immer, ich gehöre zu denen, die ohnehin kein Mensch bemerkt. Aber ist auch irgendwie logisch. Sobald man etwas tut, das keiner von einem erwartet, zieht man natürlich Aufmerksamkeit auf sich.

Nach der Schule schwirrt Rebecka mit Tomas ab, sie wollen zusammen in die Bib und sich gegenseitig ein Buch aussuchen. Ungelogen!

Robin und ich gehen zum Flippern ins *Lyktan*. Haben wir schon lange nicht mehr gemacht, hat mir gefehlt. Anfangs bin ich etwas lahm, aber mit der Zeit komme ich wieder rein. Danach trinken wir noch etwas.

Meine Stimmung ist irgendwie seltsam. Total aufgekratzt und voller Spannung, so wie damals mit neun. Als wäre alles jederzeit möglich, als könnte ich tun, *was immer ich will.*

Mir ist zumute, als könnte ich aus dem Stand losrennen und Räder und die wildesten Saltos schlagen. Da das aber nicht geht, stelle ich Robin stattdessen eine unerwartete Frage:

»Wenn du in jemanden verliebt wärst, was würdest du da tun?«

Normalerweise reden wir nicht über Gefühle, jedenfalls nicht über solche. Robin antwortet nicht sofort, sondern sieht mich einen Moment lang schweigend an.

»Du bist aber nicht in mich verliebt?«, fragt er endlich.

Ich breche in Gelächter aus.

Nach einer Weile sagt er:

»Also, entschuldige mal, wäre das jetzt so vollkommen undenkbar, oder was?«

Ich beruhige mich wieder.

»Nein, tut mir leid, aber du bist doch mein Kumpel«, erwidere ich.

»Man kann sich ja wohl auch in einen Kumpel verlieben«, murmelt Robin.

»Tut mir leid, dass ich gelacht habe.«

Robin spielt noch ein bisschen die beleidigte Leberwurst, dann muss er grinsen.

»Du bist also nicht in mich verliebt?«

Ich schüttele den Kopf.

»Hätte ja sein können, dass du aus Nervosität lachst, weil ich dir auf die Schliche gekommen bin.«

»Möglich«, antworte ich, »aber ich bin wirklich nicht in dich verliebt.«

»Glück gehabt, das hätte echt megastressig werden können. Puh!«, sagt er und tut so, als würde er sich den Schweiß von der Stirn wischen.

Wir sitzen eine Weile schweigend da. Mein Getränk ist alle. Einmal dachte ich tatsächlich, ich wäre in einen Jungen verliebt. Sebastian. Einen Sommer lang haben wir jeden Tag etwas zusammen unternommen. Ich war aber nicht verliebt.

»Aber was würdest du denn jetzt tun?«, frage ich erneut.

Robin überlegt.

»Sie ein bisschen genauer ins Visier nehmen und herausfinden, ob sie zurückguckt. Mich schlaumachen, was ihr gefällt, das eine oder andere Kompliment vielleicht. Dafür sorgen, dass ich dort bin, wo sie auch ist«, antwortet er schließlich.

»Du würdest sie verfolgen?«, frage ich.

»So ungefähr«, erwidert er.

»Jetzt sag schon, bist du jetzt verliebt oder nicht?«

»Nein, bin ich nicht. Mich hat bloß mal interessiert, was du in dem Fall tun würdest.«

Sie verfolgen also. Mich schlaumachen, was ihr gefällt. Das weiß ich bereits: Boxen. Ich weiß, wo sie trainiert. Ihr Box-Club befindet sich in einem Keller im Stadtzentrum. Aber selbst wenn ich wollte, kann ich dort doch nicht so mir nichts, dir nichts reinspazieren. Was sollte ich denn sagen, wenn sie mich entdeckt? Ich kenne sonst niemanden, der dort trainiert und den ich als Erklärung für meinen Besuch vorschieben könnte. Und wenn sie mich nicht entdeckt, würde mich bestimmt irgendein Trainer ansprechen und fragen, was ich da treibe. Und was sollte ich darauf antworten? Ich überlege mir, selbst mit dem Boxen anzufangen? Totlachen würden die sich. So ein Hemd wie mich hätten die schon umgepustet, bevor ich überhaupt die Handschuhe anhätte. He, Tarnkappe, wo bist du?

Am nächsten Tag nach der Schule fahre ich hin. Als ich am Kebab-Laden vorbeikomme, riecht es nach Frittiertem, ein warmer Luftstrom aus der offenen Tür. Die Leute schlendern über den Marktplatz und essen Eis. Die Tür zum Trainingsraum liegt eine halbe Treppe unter Straßenniveau neben dem Orientgeschäft. Beim Näherkommen sehe ich, dass an der Tür ein Plakat klebt. Ich gehe die Stufen runter und lese:

»Saisonabschluss! Samstag: Tag der offenen Tür. Testen Sie unsere Sandsäcke! Das Training findet den ganzen Tag wie gewohnt statt. Herzlich willkommen!«

Das muss ein Zeichen sein. Nicht, dass ich an Zeichen glauben würde, aber die Vorstellung, dass mich eine höhere Macht am nächsten Samstag hierher in diesen Raum lotsen will, gefällt mir. Die vielleicht möchte, dass ich Henrietta beim Training beobachten kann oder wie sie Getränke oder Lose verkauft, oder was weiß ich, was man an einem Tag der offenen Tür so alles macht. Es werden bestimmt jede Menge Neugierige und Verwandte da sein. Ich kann mich also vielleicht auch ohne Tarnkappe unsichtbar machen.

Bist du Amboss, sei geduldig,
bist du Hammer, schlage zu!

Sind die Wochentage im Prinzip bloß so eine Art Zubringer zum Wochenende? Erst lauert man auf die Zehn-Uhr-Pause, dann aufs Mittagessen, wo man sich kurz ausruhen kann, und schließlich darauf, dass man endlich wieder nach Hause darf. Die einen stöhnen und stören, damit die Zeit schneller vergeht, die anderen blenden alles um sich herum aus, manche tuscheln sich durch den Unterricht, und wieder andere sind zwar in der Schule, aber nie im Klassenzimmer anzutreffen.

Ich lasse mich einfach mittreiben, glaube ich. Und die Gespräche mit Robin und Rebecka tragen wohl auch das Ihre dazu bei, dass es ein wenig schneller geht. Aber wonach wir uns alle sehnen, ist, dass die Schule endgültig vorbei ist. Nicht nur, dass endlich Sommerferien sind, sondern dass man überhaupt nie mehr zur Schule muss. Noch ein paar Jahre. Eigene Wohnung. Weg von zu Hause. Selbst entscheiden.

Was ich wohl mal für einen Beruf haben werde? Irgendwas mit Fotografie wäre toll! Bei einer Zeitung zum Beispiel. Das »Bild des Jahres« schießen. Bilder, die ganz für sich sprechen und an die sich alle erinnern werden. Wie das mit dem Mädchen in Vietnam, das nackt und weinend eine Straße entlangrennt. Oder spannende Porträts von interessanten Persönlichkeiten.

Aber ich weiß, die Konkurrenz ist knallhart. Wie soll ich es je in eine Zeitungsredaktion schaffen? Meine Ellenbogen sind dafür einfach nicht spitz genug. Also wird es wahrscheinlich doch irgendein ganz gewöhnlicher Langweilerjob, der einem nach ein paar Jahren zum Hals raushängt, bei dem man aber trotzdem hängen bleibt. Weil man nichts anderes kann oder weil man sich nicht traut, etwas Neues anzufangen, oder weil es nichts gibt, wo man neu anfangen könnte.

Ich hoffe jedenfalls, dass mir der Absprung einmal gelingt, falls ich falschliegen sollte. Denn wie soll man bitte entscheiden, was richtig ist? Woher soll man jetzt schon wissen, was man in vierzig Jahren machen will? Beim Gedanken an meine Eltern wird mir ganz anders. Unter der Woche machen sie morgens nicht gerade einen glücklichen Eindruck. Was, wenn diese Sehnsucht und diese Unsicherheit niemals aufhören? Wenn man sich auch dann noch nach etwas anderem sehnt, nachdem man längst volljährig ist und einen Job hat. Wenn man sich weiterhin nur nach den Wochenenden und Ferien sehnt. Aber wenn man bloß zwei Tage pro Woche wirklich lebt, wie viele Tage bleiben vom eigenen Leben dann noch übrig? Um wie viele Tage wird es kürzer?

Unterm Strich lebt man vielleicht so circa zwanzig bis dreißig Jahre wirklich. Und wenn man davon jetzt noch die

Zeit abzieht, in der man schläft oder darauf wartet, dass die Nudeln fertig sind, oder in der man irgendwo in der Schlange steht, wird das Leben gleich noch ein Stückchen kürzer.

Also muss man entweder die Schule lieben lernen oder alles dafür tun, dass man einen Job bekommt, den man liebt. Oder aber man muss aus diesen jämmerlichen Wochenenden das Maximum herausholen.

Beispielsweise, indem man zum Tag der offenen Tür im Box-Club geht.

Dort ist nicht ganz so viel los, wie ich gehofft hatte. Schätzungsweise fünfzehn Personen sehen wie Besucher aus. Ungefähr genauso viele gehören ihren Trainingsklamotten nach zu urteilen hier zum Laden. Zwei Typen boxen in einem dieser Ringe, andere schlagen auf kleine und große Säcke ein. Hießen die kleinen Dinger nicht Birnen? Die großen heißen jedenfalls Sandsäcke.

Henrietta erklärt gerade einem Mann in Hemd und Altherrenhosen, wie man einen Sandsack bearbeitet. Sie hat mich nicht gesehen. Ich setze mich auf einen Stuhl und schaue mich von dort aus in aller Ruhe um. Dort entdeckt man mich vielleicht nicht ganz so schnell. Das Boxen scheint eine spaßige Angelegenheit zu sein. Und schweißtreibend. Eine ältere Frau versucht sich am Springseil, schmeißt aber fast sofort wieder hin.

»Als Kind ging das wesentlich leichter«, sagt sie mit einem Lachen.

Der Mann, der das Seil wieder entgegennimmt, springt selbst eine ganze Weile, mit Doppelsprüngen und allem. Im Ring schreit ein Trainer die beiden Boxer an. Gelegentlich geht er dazwischen, sagt ein paar Worte, und daraufhin umtänzeln sie einander erneut. Es riecht nach Schweiß und Turnschuhen, aber im Gegensatz zu unserer Schulsporthalle mischt sich noch ein weiterer Geruch darunter, ein bisschen nach Leder und Metall.

Henrietta steht da und hält den Sandsack fest, fängt die Schläge des Mannes ab. Mit der Zeit ermüdet er sichtlich. Sie sagt etwas zu ihm. Sicher irgendetwas Aufmunterndes. Der Mann holt zum letzten Schlag aus und schüttelt schließlich den Kopf. Er zieht sich die Handschuhe aus und gibt Henrietta die Hand. Ich glaube nicht, dass sie mich sieht.

Sie streift sich die Handschuhe über und beginnt ihrerseits, den Sandsack zu bearbeiten. Ich schaue wie gebannt zu. Zwischen den Schlägen bewegt sie sich leichtfüßig von einer Seite zur anderen, weicht gelegentlich zurück und neigt sich vor jedem neuen Schlag ein wenig nach hinten. Sie trägt lange graue Trainingshosen und ein rotes Top. Ich betrachte ihre Arme, die sich anspannende Armmuskulatur. Ihre Haut ist hell, fast so hell wie ihre Haare. Zwischendurch fährt sie sich mit dem Unterarm über die Stirn, wohl um sich den Schweiß oder eine störende Haarsträhne wegzuwischen. Obwohl ich nicht die geringste Ahnung vom Boxen habe, weiß ich, dass sie gut ist. Ich weiß es einfach.

Als ich gerade den Entschluss gefasst habe, aufzustehen und zu ihr hinzugehen, kommt eine Frau und legt Henrietta die Hand auf die Schulter. Henrietta dreht sich um und umarmt die Frau mit einem Lächeln. Die beiden unterhalten sich lebhaft. Die Frau muss eine Verwandte sein, vielleicht Henriettas Mutter. Ihre Haare haben dieselbe Farbe, und auch wenn die Frau sie zu einem langen Zopf zusammengebunden hat, erkennt man dennoch die Locken. Wenn sie tatsächlich ihre Mutter ist, kann Henrietta sich glücklich schätzen, so wie die zwei sich ansehen, scheinen sie sich riesig über ihr Treffen zu freuen. Ich werde ein wenig neidisch. Die beiden machen den Eindruck, als hätten sie nie Streit.

Möglicherweise hat Henrietta aber auch eine Lieblingstante, genau wie ich? Nachdem sich die zwei noch eine Weile unterhalten haben, schaut sich die Tante ein wenig auf eigene Faust im Raum um. Einmal kreuzen sich unsere Blicke. Henrietta unterbricht ihre Boxsession, legt die Handschuhe auf den Boden und holt sich an der Wand eine Wasserflasche.

Ich stehe auf und gehe zu ihr hin. Erst als ich nur noch wenige Meter von ihr entfernt bin, sehe ich sie an.

»Ach, trainierst du hier?«, frage ich.

Als ob ich das nicht wüsste. Als ob ich nicht genau deshalb hier wäre.

Henrietta lässt die Flasche sinken und wischt sich mit der Hand über den Mund. Sie nickt. Blickt mich kurz an und beugt sich dann zu ihren Handschuhen hinunter, um sie wieder aufzuheben.

Eigentlich hatte ich damit gerechnet, dass sie jetzt etwas sagen würde. Doch sie schweigt. Ist mit ihren Handschuhen beschäftigt.

»Macht das Spaß?«, frage ich.

Sie nickt erneut. Würdigt mich keines weiteren Blickes. Sie weiß ja bereits, wer in ihrer Gegenwart ins Stammeln gerät.

Und schon meldet sich der altbekannte Knoten in der Zunge zurück. Dabei hatte alles so gut angefangen. Ich bin zu ihr hingegangen und habe ihr zwei Fragen gestellt, nichtsdestotrotz war das dann aber auch schon alles, was ich an Mut aufbringen konnte. Ich trete einen Schritt zurück, ich sollte besser gehen. Lieber fliehen als schlecht kämpfen. Lieber fliehen als schlecht boxen.

»Kannst du mal halten?«, sagt sie auf einmal und nickt in Richtung Sandsack.

Klar kann ich halten! Ich kann absolut alles tun, Hauptsache, du redest mit mir, denke ich. Ich stelle mich hinter den Sack und lege die Hände dagegen. Sie schlägt. Schnell und hart, noch bevor ich startklar bin. Ich muss einen Schritt zurückweichen, lasse den Sack dabei jedoch nicht los. Ich glaube, sie muss schmunzeln, sagt aber nichts. Schlägt erneut. Hart. Dieses Mal brauche ich meinen Stand nicht zu verlagern, um die Balance zu halten. Sie schlägt eine ganze Serie. Bewegt sich entsprechend, vor und zurück, tänzelt zwischen den Schlägen von einer Seite zur anderen. Ich umklammere den Sack und halte dagegen. Sie schnaubt und keucht leise.

Plötzlich hört sie auf.

»Okay, danke«, sagt sie kurz und holt wieder ihre Wasserflasche.

»Ist das nicht schwierig?«, erkundige ich mich.

Sie trinkt zu Ende und stellt die Flasche auf den Boden.

»Was, mit Handschuhen trinken?«, fragt sie zurück.

»Boxen«, sage ich.

Sie zuckt die Achseln.

»Mir macht's Spaß, sonst würde ich es ja wohl kaum machen.«

»Mm«, mache ich.

Denke: Jetzt gehe ich.
Und tue es auch.
»Tschüss«, sage ich.
»Tschüss«, sagt sie.

Wenn schon untergehen, dann wenigstens mit Pauken und Trompeten

Was hätte ich denn sagen sollen? Ihr Komplimente machen? »Bist du stark«, »Schickes Top, man kann deine Brust sehen«, »Saubere Beinarbeit«, »Darf ich dein Punchingball sein?«

Das mit den Komplimenten muss ich wohl noch üben. Ihre Freude, mich dort zu sehen, schien sich jedenfalls in Grenzen zu halten.

Ich drehe eine Runde durch die Stadt. Die Sonne scheint und ich ziehe meine Jacke aus. Es ist nicht kalt, obwohl ich nur ein T-Shirt anhabe. Im Plattenladen stöbere ich ein wenig in den Sonderangeboten, nichts für mich dabei. Zum Glück, ich hätte sowieso kein Geld gehabt. Vorn am Tresen teilen sich ein Junge und ein Mädchen, so gut es geht, ein Paar Kopfhörer, damit sie sich die Platte gemeinsam anhören können. Er trommelt mit der Hand den Takt gegen seinen Schenkel. Sie blickt ihn nickend an. Er legt den Arm um ihre Taille. Allem Anschein nach hat er das schon tausendmal gemacht. Ich würde ihnen am liebsten die Kopfhörer herunterreißen und ins Ohr brüllen: »Wisst ihr eigentlich, was für ein verdammtes Glück ihr habt?!«

Es ist langer Samstag, das letzte Wochenende im Monat, und alle haben ihre Gehälter bekommen. Ist doch nett von den Geschäften, dass sie länger geöffnet haben. So kann man sein Geld auf schnellstem Wege wieder unter die Leute bringen. Die meisten machen aber trotz Wochenende und Gehältern keinen besonders glücklichen Eindruck. Abgesehen natürlich von den Kindern, die ein Eis bekommen haben. Ich hole mir ebenfalls eins. Dafür zumindest reicht mein Geld noch. Ich habe keine Lust, schon nach Hause zu fahren. Ich hätte irgendwas mit Robin verabreden sollen. Rebecka ist vollauf mit ihrem Tomas beschäftigt, hat sie gesagt, ich brauche mir also keine Hoffnungen zu machen, sie in nächster Zeit allzu häufig zu Gesicht zu bekommen. Ich lasse den Bus, den ich ursprünglich nehmen wollte, ohne mich fahren. Jetzt muss ich auf den Fünf-Uhr-Bus warten, aber besser so, als zu Hause rumzuhocken. Ich setze mich auf dem Marktplatz auf eine Bank und glotze stattdessen dort vor mich hin. Esse mein Eis.

Aus der Ferne höre ich Musik und Gesang. Frauenstimmen. Als mein Eis alle ist, gehe ich den Klängen entgegen.

Vor dem McDonald's steht Elise und singt mit fünf anderen Frauen im Chor. Eine spielt Gitarre, eine andere Saxofon. Als Elise mich entdeckt, lächelt sie und winkt mir überschwänglich zu. Um die kleine Gruppe herum hat sich eine ziemlich große Zuhörerschar versammelt. Auf dem Boden liegt ein aufgeklapptes Gitarrenfutteral, in dem sich bereits etwas Geld befindet.

»Wir sind die Soul Singles, und jetzt kommt ein Evergreen, ein altes Kampflied«, sagt die Frau mit der Gitarre, als das Lied von eben zu Ende ist.

Sie setzen wieder an. Das Lied kenne ich, ich komme aber nicht auf den Titel. Sie singen echt gut, finde ich. Ein älterer Mann neben mir stampft im Takt. Viele der Umstehenden klatschen Beifall.

»Wir sind die Soul Singles, und wir spielen heute Abend im Pub! Wir treten aber auch auf Hochzeiten auf. Und auf Partys. Einfach nachher unsere Telefonnummer mitnehmen!«, sagt die Gitarristin mit einer Verbeugung.

Daraufhin stimmt die Gruppe ihr nächstes Lied an. Ich merke, wie sich jemand neben mich stellt, näher als normalerweise üblich. Henrietta. Sie lässt ihre große Trainingstasche vor sich auf den Boden plumpsen und entsendet ihren Henrietta-Blick in meine Richtung.

»Sind sie gut?«, erkundigt sie sich.

Ihre raue Stimme dicht an meinem Ohr.

»Das ist meine Tante«, sage ich und deute auf Elise.

Sie nickt. Ihre Haare sind noch feucht vom Duschen, die Locken kleiner und markanter als sonst. Sie trägt jetzt ein anderes Top. Steht neben mir und hört weiter zu. Applaudiert nach den einzelnen Liedern. Einige gehen, andere bleiben. Manche gehen einfach nur vorbei. Wir zwei stehen nebeneinander. Ich wage kaum, mich zu rühren. Oder irgendetwas zu sagen. Einmal streift ihr nackter Arm über meinen. Ich bilde mir ein, ihren hellen Flaum zu spüren. Wie Samt auf meiner Haut.

»Jetzt müssen wir mal eine Pause einlegen«, sagt die Gitarristin. »Aber kommt doch einfach heute Abend zu unserem Konzert!« Einige spenden noch ein weiteres Mal Applaus. Es klimpert im Gitarrenfutteral, als die Leute Münzen hineinwerfen. Elise winkt mich zu sich her.

»Ich muss euch unbedingt mein Lieblingsfamilienmitglied vorstellen«, verkündet sie, als ich bei ihr angelangt bin.

»Ihr seid richtig gut!«, sage ich.

Elise umarmt mich, sie ist ein wenig verschwitzt. Sie lacht mir ins Ohr.

»Das macht echt einen Riesenspaß, so viel Spaß hatte ich noch nie!«, erwidert sie.

Die Gitarristin unterhält sich mit einem Pärchen und schreibt irgendetwas auf einen Zettel.

»Ich hoffe, wir werden jetzt von den beiden gebucht. Sie wollen vielleicht heiraten«, erklärt mir Elise und nickt zu dem Dreiergrüppchen hinüber.

Ich sehe mich nach Henrietta um, ich möchte sie Elise gern zeigen. Doch Henrietta ist verschwunden, ich kann sie nirgendwo mehr sehen.

»Das hier ist Elisabeth«, fährt Elise fort.

Ich begrüße die Saxofonistin. Danach stellt mir Elise auch die anderen vor, außer der Gitarristin, die noch immer mit dem Pärchen spricht.

»Sieht so aus, als hätte Ingrid die PR für uns übernommen«, sagt Elisabeth.

»Darin ist sie gut«, erwidert die, von der ich glaube, dass sie Karin heißt.

Elisabeth beugt sich hinunter und beginnt, das Geld aus dem Gitarrenfutteral zu zählen.

»Und jetzt im Anschluss noch für alle ein kühles Bier?«, fragt sie, als sie mit dem Zählen fertig ist, und wedelt dabei mit dem Geld, das sie in eine Tüte gefüllt hat.

Die anderen nicken.

»Du kommst doch mit, oder?«, fragt mich Elise.

Wir sitzen draußen unter einem Sonnenschirm. Außer mir trinken alle ein Bier, für mich gibt's Saft. Ich kann mir kaum vorstellen, dass meine Eltern jemals am helllichten Tag Bier getrunken haben. Andererseits haben sie aber auch noch nie vorm McDonald's gestanden und Kampflieder gesungen. Die Soul Singles unterhalten sich über ihr Konzert. Sie sind zufrieden. Ingrid hält sich an ein paar Fehlern auf, die sie gemacht hat.

»Vergiss die Fehler!«, wirft Elisabeth ein. »Ich hab keine gehört.«

»Nein, du hast recht«, erwidert Ingrid. »Ich bin einfach noch zu sehr aus meiner Schulzeit daran gewöhnt, dass immer nur auf die Fehler geschaut wird. Eigentlich ist es ein wahres Wunder, dass ich mich nach diesen Gesangsstunden überhaupt noch getraut habe, den Mund aufzumachen.«

»Man muss einfach singen, wie einem der Schnabel gewachsen ist, und sich dabei nicht um den Oberlehrer scheren, der einem über die Schulter guckt und Fehler zählt«, sagt Elise.

Singen, wie einem der Schnabel gewachsen ist. Ich wär ja heilfroh, wenn's bloß ein Lehrer wäre, der meine Fehler zählt. Auf einen Lehrer könnte man getrost pfeifen. Ein Lehrer kann schließlich auch falschliegen. Doch wenn man den Verdacht hegt, die meisten würden sich wünschen, man wäre jemand anderes? Wenn es sich dabei um die eigenen Eltern handelt, die Altersgenossen, die Gesellschaft, Gott und einen selbst, die alle der Ansicht sind, man müsste komplett anders sein – was macht man da? Einfach die Klappe halten? Aber genau das will ich ja eben nicht! Ich will ja singen, wie mir der Schnabel gewachsen ist. Ich will mein Geheimnis ja vor dem versammelten Hofstaat samt König und Königin und der ganzen Bande herausschreien. Aber was, wenn man sich nicht traut? *Doch man muss alles wagen.*

Ich sehne den Montag herbei, wo ich sie vielleicht wiedersehe. Wenn ich in mich hineinfühle, spüre ich noch immer die Wucht ihrer Schläge gegen den Sandsack in meinen Armen. Gilt das schon als Berührung? Als Quasi-Berührung vielleicht? Bei der uns nur ein Sandsack voneinander trennte? Liebe beginnt beim Boxen? Wen man liebt, den boxt man? *Kein Sport hat eine so starke erotische Wirkung*. Würde Henrietta dem zustimmen? Wahrscheinlich müsste sie lachen.

Mitten in der Nacht ruft mich Rebecka an.

»Wir haben's getan!«

»Was?«, frage ich noch halb im Schlaf.

»*Es!*«, zischt sie.

»Von wo rufst du an?«, will ich wissen.

Wenn ich mir eine Sache geschworen hatte, dann dass ich niemals nachfragen würde, von wo mich jemand mit seinem Handy anruft. Der Witz eines Handys ist ja gerade, dass man von unzähligen Orten aus telefonieren kann und es dabei absolut keine Rolle spielt, wo man sich befindet. Überall und nirgends. Nun aber frage ich Rebecka also doch, wo sie ist, weil sie so komisch in den Hörer zischt.

»Bei Tomas zu Hause auf dem Klo«, sagt sie in mein Ohr.

Ich kann ihr unterdrücktes Gekicher hören.

»Und wie war's?«, frage ich.

Was soll man groß sagen?

»Versprich mir, nicht zu lachen, aber auf gewisse Weise fühle ich mich geöffnet. So, als hätte ich einen neuen Teil zu meinem Körper hinzubekommen. Genauer gesagt ein Loch, aber immerhin.«

»Aha«, sage ich und fahre dann fort: »Es heißt doch immer, dass es wehtut?«

»Ja schon, ein bisschen«, wispert sie.

Ich sage nichts.

»Aber vielleicht willst du das lieber gar nicht hören?«, fragt sie leise.

»Schon okay«, sage ich. »Ich hatte bloß schon geschlafen.«

»Ich weiß, ich musste es nur einfach irgendjemandem erzählen.«

Wir schweigen.

»*Ich wurde von der Frucht der Liebe fürwahr tödlich durchbohrt*«, sagt Rebecka auf einmal mit gekünstelter Stimme und kichert heiser.

»Hast du dir das gerade ausgedacht?«, will ich wissen.

»Nein, das habe ich aus einem Buch. Ich muss zurück, sonst wundert er sich noch.«

»Okay, schlaf gut«, sage ich.

»Du auch«, flüstert sie.

Ich schlafe tatsächlich gut, nachdem ich endlich eingeschlafen bin. Doch das dauert seine Zeit. Die Sache mit dem Sex lässt mir keine Ruhe. Ich muss wieder an den Eva-Kuss denken. Und an Henriettas samtene Haut. Ich überlege, ob sie wohl überall so zart ist. Ihre feuchten Locken, die Sandpapierstimme, ihre Hand in meiner, ihr Blick, der mich in der Magengrube trifft, oder irgendwo tiefer unten. Die Hände auf der Decke.

Wo ein Wille ist, ist auch ein Weg

Wieder in der Schule. Meine Energie ist noch da. Ich habe keine Angst. Denke an den Kuss. Eva war eine gute Fee, die mich als Taufgeschenk für immer von meiner Feigheit befreit hat. Die andere Fee, die mit den Eselsohren in der Tasche, hat den falschen Zug erwischt und die Feier verpasst.

Ich halte nach ihren Locken Ausschau. Den Sonntag über habe ich mir überlegt, was ich sagen will. In der Mittagspause steuert sie auf dem Schulhof in meine Richtung. Sie hat mich gesehen. Ich hab gesehen, dass sie gesehen hat, dass ich hier auf der Bank sitze. Neben mir Robin, gedankenverloren, keine Ahnung woran.

»Haben dir die Soul Singles gefallen?«, frage ich, als sie nur noch einen Meter von mir entfernt ist.

Sie bleibt stehen. Genau wie beabsichtigt. Sie muss stehen bleiben, wenn sie mir antworten will.

»Ja, die waren cool«, sagt sie.

»Waren viele Leute beim Tag der offenen Tür?«, frage ich sie als Nächstes.

Immer schön weiterreden, sie vom Gehen abhalten.

»Schon«, antwortet sie.

»Sah nach einer Menge Spaß aus«, fahre ich fort.

Nicht besonders einfallsreich, ich weiß, aber gelegentlich darf man sich ruhig ein wenig Einfachheit und Spontaneität erlauben. Allmählich geht mir die Puste aus.

»Mm«, sagt sie, »ich sollte mal wieder …«

Sie wedelt mit der Hand in die Richtung, in die sie unterwegs war. Und geht.

Kein Henrietta-Blick, kein Tschüss, kein Zwinkern. Einfach weg.

Ich bin noch voller Fragen. Dinge, die ich sagen wollte. Bis zu meinem Kompliment bin ich gar nicht gekommen. *Sauberer Aufwärtshaken*. Ein bisschen witzig, und trotzdem ehrlich gemeint. Dachte ich.

Mein Puls hämmert wie vor einem Referat in der Schule. Ich versuche, ruhig zu atmen.

»Was für ein Tag der offenen Tür?«, will Robin wissen.

Ich war nicht davon ausgegangen, dass er uns überhaupt zuhört.

»Im Box-Club, am Samstag«, sage ich.

»Willst du mit dem Boxen anfangen?«, erkundigt er sich.

»Nein«, erwidere ich.

Weiter sagt er nichts.

Ich auch nicht.

Ich weiß nicht, was ich jetzt tun soll. Was soll ich jetzt tun? Ich muss meine neu gewonnene Energie ausnutzen, bevor ich wieder unter meiner Feigheit einknicke.

Robin steht auf und deutet auf die Uhr. Wir gehen zum Unterricht.

Henning, unser Psychologielehrer, hat die Strickjacke abgelegt und die Ärmel seines Hemdes hochgerollt, eines der großen Fenster steht offen. Die letzten Tage war es draußen richtig sommerlich. Warm und sonnig. Schlagartig wird mir klar, dass das Schuljahr bald zu Ende ist. Was wohl bedeutet, dass ich gelebt habe, wie es sich gehört? Dass ich mich nicht Tag für Tag nach etwas Fernem und Unerreichbarem gesehnt habe (Sommerferien), sondern so sehr damit beschäftigt war, auf etwas anderes, im Grunde ebenso Unerreichbares hinzuarbeiten (Liebe), dass ich darüber völlig die Zeit vergessen habe. Wie als ich noch klein war. »Tschuldigung, dass ich zu spät bin, hab total die Zeit vergessen.« Schulabschlussfeier in anderthalb Wochen. Irgendwas muss passieren, und zwar schnell.

Ich erhalte das Zeichen um 14.47 Uhr. Ausgerechnet ich, wo ich doch überhaupt nicht an Zeichen glaube, diese jedoch voller Dankbarkeit annehme. Es ist die letzte Unterrichtsstunde für heute, Elin und Linn sitzen hinter mir und unterhalten sich. Auf der Tagesordnung steht Gruppenarbeit, was bedeutet, dass wir über Gott und die Welt quatschen und die Aufgaben dann wohl oder übel zu Hause erledigen. Ich höre so lange zu, bis ich weiß, was ich wissen muss. Mein Plan steht fest. Und er wird klappen. Einen Versuch ist es zumindest wert.

Ohne Kampf kein Sieg.

Zu Hause angekommen, zücke ich meinen Stift und schreibe, überlege, streiche durch und schreibe.

Elise ruft an, was ich an der Redeweise meiner Mutter erkenne. Sie jammert darüber, wie viel sie zu tun hat, um einen drohenden Besuch abzuwenden. Ich gehe hinaus in den Flur und signalisiere ihr, dass ich gern mit Elise sprechen würde.

»Kann ich am Samstag bei dir übernachten?«, frage ich.

Meine Mutter, die so tut, als würde sie im Flur aufräumen, damit sie unser Gespräch mithören kann, sieht mich mit großen Augen an. Ihr Blick sagt: *Wie wär's, wenn du erst mal Papa oder mich um Erlaubnis fragst?*

Elise ist einverstanden. Ich erkundige mich, wie das Konzert gelaufen ist, und wir plaudern noch eine Weile. Meine Mutter kann nicht länger bleiben und verschwindet in der Küche, wo sie mit irgendetwas herumhantiert. Nachdem wir uns verabschiedet haben, versuche ich, mich an der Küchentür vorbei in mein Zimmer zu stehlen.

»Was war das denn gerade?«, will meine Mutter wissen. »Kommst du mal bitte her, wir zwei müssen uns unterhalten.«

Ich gehe in die Küche.

»Hast du Papa gefragt, ob du am Samstagabend wegdarfst?«, will sie wissen.

»Nein«, antworte ich.

»Und mich hast du auch nicht gefragt. Und trotzdem verabredest du einfach so irgendwelche Dinge mit anderen Leuten.«

»Ja, aber doch nur mit Elise«, erwidere ich.

»Ich halte nichts davon, wenn du woanders schläfst. Ich möchte mich davon überzeugen können, dass du nichts ausgefressen hast.«

»Was sollte ich denn ausfressen?«, frage ich.

»Irgendwelche schlimmen Dinge, das kennt man ja.«

»Gut, dann rufe ich Elise eben an und sage, dass du es mir nicht erlaubst«, entgegne ich.

»Nein, das wirst du nicht tun«, gibt sie zurück.

»Ach so. Dann darf ich also doch?«

»Das müssen wir erst mit Papa bereden.«

Sie ist sauer. Weil sie weiß, dass ich am Samstag ganz sicher weggehen werde. Hoffentlich bleibt Ville dieses Gezerre später einmal erspart. Trotz allem lief es eben recht geschmeidig, ich hab sie nämlich überrumpelt. Sie will nicht, dass Elise sie für altmodisch hält und denkt, sie hätte »kein Verständnis für junge Leute«. Sie will nicht als diejenige dastehen, die ihrem Kind den Spaß nicht gönnt. Immerhin kann sie schlecht zu Elise sagen, dass ihr nicht wohl dabei ist, wenn ich dort übernachte. Dass sie Elises Urteil nicht vertraut.

Den ganzen nächsten Tag über trage ich den zusammengefalteten Zettel in der Tasche mit mir rum. Verhalte mich abwartend. Einmal sehe ich sie. Ihre halbe Klasse ist auf dem Weg zur Mensa. Sie lacht und rangelt beim Gehen mit einem der Jungs herum. Ich glaube nicht, dass sie mich sieht. Aber ich sehe sie auf dem gesamten Weg zur Mensa, manchmal nur ihren Nacken und am Ende nur noch ihre hellen Locken zwischen den braunen-schwarzen-blonden Schöpfen der anderen. Ihr Fahrrad steht an seinem gewohnten Platz. Ein dunkelblaues.

Nach dem Essen haben wir Mathe. Rebecka schiebt mir einen Zettel zu. Ich lese ihn sofort.

Kadavergehorsam

Ihr habt Anwesenheitspflicht
Das ist obligatorisch
Sagt ihr

Bleistiftspitzen im Schloss
Pisse im Tintenfass
Wilder
Sage ich

»Ich dachte, du hättest momentan keine Zeit für Gedichte?«, frage ich sie in der Pause.

»Ich sag's dir, die spritzen aus meiner Feder nur so heraus«, erwidert sie. »Ich komme mit dem Aufschreiben kaum hinterher. Wie fandest du's?«

»Gut. Allerdings verwenden wir doch überhaupt keine Tintenfässer.«

»Ich weiß, egal, ich fand's trotzdem grade irgendwie passend.«

»Darf Tomas deine Texte eigentlich lesen?«, erkundige ich mich.

»Klar, alles.«

Ich nicke.

»Nein, natürlich nicht. War nur ein Scherz. Ein bisschen Privatleben braucht man schließlich auch. Er hat schon meinen Körper. Meinen Intellekt will ich noch ein wenig für mich behalten.«

»Ja du, sei lieber vorsichtig, sonst verschreckst du ihn am Ende noch.«

»Hast recht, ist wahrscheinlich besser, wenn er erst nach und nach erfährt, was für ein Genie ich bin«, gibt sie zurück.

»Mm«, sage ich. »Immerhin besteht die Gefahr, dass du ihn in deinen Gedichten ertränkst, wenn sie wirklich so aus dir herausspritzen, wie du sagst.«

»Ich sag dir, wenn hier einer spritzt, dann ja wohl er.«

»Solche Dinge behältst du mal lieber für dich.«

»Sorry.«

In der letzten Stunde gehe ich aufs Klo. Behaupte ich.

Ihr Fahrrad steht noch da. Ich hole meinen etwas verkrumpelten Zettel heraus und befestige ihn am Gepäckträger. Gebe ihm noch einen letzten Klaps, sozusagen als Glück mit auf den Weg. Danach setze ich mich in einiger Entfernung hin und warte auf das Ende des Unterrichts. Zwischen mir und dem Fahrrad stehen ein Busch und ein ziemlich kümmerlicher Baum, es ist nicht gesagt, dass sie mich entdecken wird.

Henrietta kommt als eine der Letzten aus ihrer Klasse heraus. Sie blättert mit einem anderen Mädchen in einem Buch herum, in was für einem, kann ich nicht erkennen. Sie rückt sich ihre Tasche auf der Schulter zurecht, die Tasche sieht schwer aus. Bestimmt geht sie nach der Schule noch zum Training. Über den Asphalt krabbelt ein Käfer geradewegs auf mich zu. Ich setzte meinen Fuß um, damit er vorbeikrabbeln kann.

Jetzt holt sie ihren Fahrradschlüssel heraus und geht in Richtung Fahrradständer. Das andere Mädchen läuft neben ihr. Ich will nicht, dass Henrietta den Zettel irgendjemand anderem zeigt. Wenn sie ihn überhaupt findet. Sie findet ihn. Ich sitze zu weit entfernt um zu hören, ob sie etwas sagt. Doch ich sehe, wie sie den Zettel auseinanderfaltet und liest. Ich stehe auf und mache mich langsam davon.

Sie hat den Zettel gefunden und ihn gelesen. Ich bin zufrieden. Und nervös. Wird sie's kapieren? Wird sie kommen wollen?

Und wird überhaupt jemals wieder Samstag?

In der Schule sind die meisten geschafft und gestresst. Es ist die vorletzte Woche vor den Ferien. Die Mädchen tauschen sich darüber aus, was sie bei der Abschlussfeier tragen wollen. Die Jungs schmieden Pläne, wie die Alkoholversorgung für den Abend aussehen soll. Die Lehrer weisen darauf hin, dass das Schuljahr noch nicht zu Ende sei, selbst wenn die Noten längst feststünden. Aber man merkt ihnen an, dass auch sie sich nach den Ferien sehnen, um uns für eine Weile los zu sein. In Englisch dürfen wir einen Film schauen, für Mathe setzen wir uns nach draußen und rechnen im Freien.

»Soso, und heute Abend ist also diese Party«, sagt meine Mutter am Samstagmorgen beim Frühstück.

Sie wirft meinem Vater einen vielsagenden Blick zu.

»Aha?«, sagt er und sieht mich an.

»Inklusive Übernachtung in der Stadt«, fährt meine Mutter fort.

»Aha?«, sagt mein Vater und sieht meine Mutter an.

»Ich dachte, du hättest das erlaubt«, sagt sie.

Dachte sie. Dass ich nicht lache. Wieso zieht sie hier so eine Nummer ab?

»Nein, davon ist mir bisher nichts bekannt«, erwidert mein Vater. »Um was für eine Party geht es?«

»Die letzte Party vor dem Schuljahresende«, sage ich.

»Und da gibt's dann natürlich gleich noch eine Party«, merkt meine Mutter an.

»Was ist denn los mit dir? Du rennst doch sonst nicht dauernd auf irgendwelche Partys und ziehst nachts um die Häuser«, sagt mein Vater.

»Nein, sonst nicht. Sonst begleite ich euch auf runde Geburtstage«, kontere ich.

Mein Vater schweigt.

»Das gefällt mir überhaupt nicht. Und bei diesen Abschlussfeiern hat man immer welche mit dabei, die dann im Suff in Schwierigkeiten geraten oder vergewaltigt werden oder was weiß ich nicht alles«, schaltet sich meine Mutter wieder ein.

»Kann ich nicht heute ausnahmsweise mal hingehen, wo das eh so selten vorkommt?«, frage ich. »Immerhin habe ich schon die letzte Party verpasst.«

»Wer geht sonst noch alles hin?«, will mein Vater wissen.

»Leute aus meiner Klasse«, lüge ich.

»Und dann erfahren die Falschen davon, es kommen ungebetene Gäste, und schon läuft die Party aus dem Ruder, das hat man doch ständig«, fährt meine Mutter fort.

»Wir wollen draußen grillen«, sage ich an meinen Vater gewandt.

»Ihr wisst aber, dass ihr nicht einfach überall Feuer machen dürft?«, mischt sich meine Mutter wieder ein.

»Jetzt mal immer mit der Ruhe«, beschwichtigt sie mein Vater.

»Ich kann bei Elise übernachten«, sage ich daraufhin.

»Ach so, gar nicht bei jemandem aus deiner Klasse«, stellt mein Vater fest.

Er sieht meine Mutter an. Die kräuselt die Lippen und zieht die Schultern hoch.

»Dann können wir uns ja hinterher bei Elise erkundigen«, sagt mein Vater.

Meine Mutter hebt kapitulierend die Arme.

»Also darf ich«, sage ich schnell.

»Meinetwegen«, erwidert mein Vater.

»Aber um zwölf gehst du nach Hause«, wirft meine Mutter ein.

»Wir erkundigen uns hinterher bei Elise«, wiederholt mein Vater.

So, Erlaubnis eingeholt. Auch wenn meine Mutter vorläufig sauer sein wird.

Als ich mich auf den Weg zum Bus mache, wünscht mir niemand einen schönen Abend. Egal. Ich frage mich, ob sie beruhigter wären, wenn sie Bescheid wüssten. Oder eben gerade nicht?

Jeder ist seines Glückes Schmied

Ich fahre zu Elise und lade meine Sachen bei ihr ab. Sie hat mir schon das Sofa im Wohnzimmer als Bett bezogen.

»Du kommst, wann du kommst«, sagt sie und überreicht mir ihren Ersatzschlüssel. »Pass auf dich auf und feier schön!«

Sie ist wirklich absolut unglaublich! Unglaublich toll, meine ich. Sie kennt mich besser als meine eigenen Eltern. Sie weiß, dass ich nicht vorhabe, sie in irgendeiner Form zu enttäuschen, dass ich mich nicht besaufen und ihr dann zu Hause die Bude vollkotzen werde. Sie vertraut mir.

Der Granberg liegt in einem Wäldchen ein Stück von Elises Wohnung entfernt. Der Granberg ist eigentlich gar kein richtiger Berg. Eher ein großer, bewaldeter Hügel, auf dessen Kuppe sich eine baumfreie Fläche mit Aussicht über ein Industriegebiet und den Fluss erstreckt.

Ich beschließe, auf den Bus zu verzichten und zu Fuß zu gehen. Die Sonne scheint, es ist aber nicht mehr so heiß. Unter den Bäumen ist es angenehm kühl. Wenn ich in der Stadt leben würde, würde ich auch gern so nah am Fluss und am

Wald wohnen. Ich bin froh über die Kühle, ein Teil der Strecke geht nämlich steil bergauf.

Und wenn ich zuerst da bin? Womit soll ich mir dann die Wartezeit vertreiben? Darüber hatte ich gar nicht so richtig nachgedacht. Was macht man auf einer Party, auf der man niemanden kennt? Na ja, irgendwen werde ich schon kennen. Immerhin wollten ein paar aus meiner Klasse kommen. Und außerdem braucht man für Partys wie diese ja auch nicht unbedingt eine Einladung. Alle, die irgendwie davon erfahren, dürfen kommen.

In mir steigen Zweifel auf, ob das mit dem Zettel so eine gute Idee war. Vielleicht fand sie ihn auch bloß albern. Oder sie hat es überhaupt nicht kapiert. Doch, sie muss es kapiert haben! So lange, wie ich über diesem kleinen Zettel gebrütet habe, kann ich mich noch an jedes einzelne Wort erinnern, das ich geschrieben habe:

Exkursion am Samstagabend. Wir treffen uns auf dem Granberg, um das Vogelleben vor Ort zu studieren. Für Interessierte besteht die Möglichkeit, die Möwe aus nächster Nähe zu beobachten und genauer kennenzulernen. Bitte mitbringen: unempfindliche Kleidung und eine kleine Stärkung.

Ob sie das kindisch findet? Aber selbst wenn nicht, heißt das ja noch lange nicht, dass sie auch Lust hat zu kommen. An dem Steilhang, der Neue Hoffnung heißt, halte ich inne. Ich muss daran denken, wie sie nach dem Tag der offenen Tür in der Stadt zu mir kam und sich neben mich gestellt hat. Das hatte doch hoffentlich etwas zu bedeuten. Nur was? Dass sie mich nicht hasst? Dass ich mich um kein Haar von all den anderen unterscheide, neben die sie sich in der Stadt eine Weile lang stellen würde?

Ich bin nicht zuerst da. Als ich um die letzte Kehre biege, höre ich Stimmen. Sie gehören einer größeren Gruppe Leute, von denen ich auf den ersten Blick niemanden kenne. Da ich schlecht einfach glotzend herumstehen kann, versuche ich den Anschein zu erwecken, ich würde nach jemand Bestimmtem Ausschau halten. Was ich ja auch tue, obgleich ich kaum glaube, dass sie da ist. Schließlich lasse ich mich auf einem Stein nieder und tue so, als wäre die gesuchte Person noch nicht da. Und soweit ich sehen kann, auch noch niemand aus meiner Klasse. Ein paar Leute sind mit Feuermachen beschäftigt. Aber meine Eltern können ganz beruhigt sein, es gibt eine Feuerstelle und der Untergrund ringsum ist der reinste Stampflehmboden, also weit und breit nichts, was Feuer fangen könnte.

Ganz am Rand des Berges sitzen drei Jungs, im Gegenlicht kann ich nur ihre Oberkörper erkennen, und ihre Bierdosen, die ab und zu aufblinken. Zwei Mädchen sitzen in ein Gespräch vertieft auf einem Baumstamm. Etliche Leute streifen auf der Suche nach Stöcken und anderem Brennmaterial durch die Gegend.

Ich sitze auf meinem Stein. Wo ich mich ganz wohl fühle. Niemand schenkt mir Beachtung. Vielleicht, weil mich niemand kennt. Ich gehöre zu denen, die nicht weiter auffallen, und damit kann ich sehr gut leben.

»Ach, *du* bist auch hier!«, sagt jemand hinter mir.

Elin. Als sie merkt, dass ihre Verwunderung etwas dreist

klingt, fügt sie hinzu: »Ich meinte, du bist doch sonst nicht so oft auf Partys. Oder?«

Ich schüttele den Kopf.

»Kommt Rebecka auch?«, erkundigt sich Linn, die ebenfalls zu uns herangetreten ist.

»Keine Ahnung, glaube nicht«, antworte ich.

Sie stehen schweigend da. Ich bleibe ebenfalls stumm. Ich schätze mal, das ist der Grund, weshalb die Leute meine Gesellschaft etwas anstrengend finden. Mein Schweigen macht sie nervös und manche haben das Gefühl, sie müssten das Gespräch um jeden Preis am Laufen halten. Wie Elin.

»Stimmt es, dass Rebecka mit diesem Tomas Bergström zusammen ist?«, will sie wissen.

Ich nicke, das ist schließlich kein Geheimnis.

»Das war ja wohl kaum zu übersehen, oder?«, sagt Linn zu Elin.

Elin erkundigt sich, ob ich schon andere aus unserer Klasse gesichtet hätte, und ob ich etwas zum Grillen dabeihabe. Sie erzählt mir, was sie und Linn alles mitgebracht haben, sie redet wie ein Wasserfall, unglaublich, was sie in fünf Minuten alles unterbringen kann. Schließlich wird sie von Linn unterbrochen, die gern noch ein bisschen in die Runde schauen möchte. Die beiden lassen mich allein, und ich frage mich, was sie gleich zueinander sagen werden, sobald ich außer Hörweite bin. Das bereitet mir etwas Bauchschmerzen. Bestimmt wundern sie sich, weshalb ich hier herumsitze. Wo ich doch sonst nie auf Partys gehe und nicht einmal die geringste Ahnung davon habe, wie das überhaupt geht. Ich wünschte, ich wäre noch unsichtbarer.

Immer mehr Leute kommen den Hang herauf. Bei meiner Ankunft war es noch fast wie ausgestorben, inzwischen haben sich überall kleine Grüppchen von Menschen gebildet, die sich unterhalten, etwas trinken und sich ums Feuer scharen. Von meinem Platz auf dem Stein aus habe ich die Neuankömmlinge recht gut im Blick, bin aber weit genug entfernt, um selbst nicht sofort ins Auge zu fallen. Perfekt.

Allmählich wird es dunkel. Nicht mehr lange und die einzelnen Gesichter werden sich kaum mehr voneinander unterscheiden lassen. Schon jetzt kann ich die am weitesten von mir entfernten nur noch mit Müh und Not erkennen. Dieser Fredrik ist zumindest noch nicht aufgetaucht. Mehrere meiner Klassenkameraden kommen mir Hallo sagen und erkundigen sich, was ich hier mache, doch es setzt sich keiner zu mir.

Mit der Zeit bekomme ich Hunger und ganz steife Knochen, will meinen sicheren Platz aber nicht aufgeben, um vor ans Feuer zu gehen. Sonst kommt sie am Ende ausgerechnet dann, wenn ich gerade unterwegs bin. In meiner Tasche liegen ein paar Äpfel. Ich nehme mir einen davon heraus. Äpfel auf einer Party. Cool, was? Aber was nimmt man stattdessen mit? Ich versuche herauszufinden, was die anderen essen. Offenbar haben die meisten Würstchen und Kartoffelsalat mit.

Anfangs habe ich noch jedes Mal voller Interesse und Optimismus zur Kuppe hinübergeschaut, sobald sich dort etwas regte, doch inzwischen habe ich das Gefühl, nur noch in Ermangelung einer besseren Beschäftigung hinzusehen. Kommt sie? Kommt sie nicht? Als ich klein war, hat Oma mir dieses Spiel mit den Margeriten beigebracht, bei dem man nacheinander die Blütenblätter abzupft und zählt: Sie liebt mich, sie liebt mich nicht, sie liebt mich, sie liebt mich nicht, bis man beim letzten Blütenblatt angelangt ist. Das einem verrät, was die Person, in die man verliebt ist, empfindet.

Ich spiele das Abzählspiel mit denen, die den Hang hinaufkommen: kommt, kommt nicht. Das Problem ist bloß, dass ich nicht weiß, wann ich mit Zählen aufhören soll. Der rege Zustrom ist mittlerweile abgeflaut. Dafür wimmelt es um mich herum. Irgendjemand hat einen CD-Spieler mitgebracht, der krächzend vor sich hin plärrt. Wie noch einige andere Partygäste. Kommt, kommt nicht.

Sobald ich jemanden aus ihrer Klasse entdecke, macht mein Herz einen Satz. Doch sie ist nie mit dabei. Lisa steht zusammen mit ein paar anderen ein Stück von mir entfernt. Einen Augenblick lang spiele ich mit dem Gedanken, hinzugehen und sie einfach zu fragen, ob Henrietta noch kommen wollte. Ich kann mir jedoch keinen Ruck geben. Dabei wäre es eigentlich gar nicht so schwierig, ist schließlich eine legitime Frage. Wieso sollte es Lisa merkwürdig finden, wenn ich mich bei ihr nach Henrietta erkundige? Trotzdem. Beinahe wünsche ich mir, Rebecka wäre hier, damit sie für mich fragen kann. Aber auch nur beinahe.

Mittlerweile wären meine Eltern nicht mehr ganz so beglückt. Ein Typ springt mit vollem Anlauf über das Feuer und hat sofort mehrere Nachahmer. Ein paar Mädchen versuchen, sie zum Aufhören zu bewegen, andere wiederum spenden Applaus. Ein Junge kann sich in seinem Suff beim Pinkeln kaum mehr aufrecht halten. Und ein Mädchen, das wie ein Schlosshund heult, wird von ihren Freundinnen woandershin begleitet. Zwei andere Mädchen sind nonstop am Schnattern und Lachen, bis irgendwann ein Junge kommt und sich neben einer der beiden niederlässt.

Ein Junge torkelt auf mich zu und bleibt genau vor mir stehen. Glotzt mich an.

»Wieso hockst du hier so dumm rum?«, fragt er.

»Ich warte auf eine Freundin«, erwidere ich.

Er verschwindet wieder. Zum Glück.

Sie kommt nicht.

Elin erkundigt sich, ob ich mich nicht zu ihnen setzen möchte. Ich schüttele den Kopf. Nett gemeint, aber. Mit leicht gerunzelter Stirn zieht sie wieder ab. Die Aussicht, auf einem dunklen Waldpfad nach Hause zu stolpern, ist nicht gerade verlockend.

Sie wird nicht aufkreuzen.

Sie hat keine Lust auf ein Treffen mit mir. Da brauch ich mir nichts weiter vorzumachen. Vielleicht wollte sie ja ursprünglich kommen und hat es sich nach meinem Zettel dann doch noch einmal anders überlegt, damit ich mir bloß nichts einbilde.

Ich kann also genauso gut nach Hause gehen. Außerdem wird mir langsam kalt. Ich kann nicht länger warten.

Noch fünf Minuten, denke ich.

Noch zehn.

Ich denke: Ich bleibe noch so lange sitzen, bis der Junge dort drüben sein Bier ausgetrunken hat.

Der Junge trinkt und trinkt. Plötzlich springt jemand von hinten auf ihn drauf. Er kippt nach vorn, die Bierdose wird aus seiner Hand geschleudert und kullert über den Boden davon.

Was hat das jetzt wieder zu bedeuten? Schließlich hat er gar nicht ausgetrunken. Doch die Dose ist leer. Ich bleibe auf meinem Stein sitzen.

Und in dem Moment biegt sie um die Ecke.

Kommt dort jetzt die Liebe?, schießt es mir durch den Kopf.

Geliebte Kinder haben viele Namen

Obwohl es schon fast dunkel ist, erkenne ich sie auf Anhieb. Die Art und Weise, wie sie geht, ihre Haltung, die Bewegungen ihrer Arme. Ihre Haare leuchten nicht im Dunkeln, doch in meiner Vorstellung tun sie es. Ich bin mir nicht sicher, ob ich versuchen soll, ihre Aufmerksamkeit auf mich zu lenken. Ich weiß schließlich gar nicht, ob sie wirklich meinetwegen hier ist. Vielleicht hat sie auch nur gewartet, bis sie dachte, ich hätte aufgegeben und wäre wieder gegangen.

Sie kommt geradewegs auf mich zu. Ich merke, dass ich aufgestanden bin.

»Kann man hier Möwen beobachten?«, erkundigt sie sich und baut sich vor mir auf.

»Ja, eine zumindest«, erwidere ich.

»Das reicht mir schon vollkommen.«

Sie lässt den Blick schweifen.

»Wollen wir uns irgendwo setzen?«, fragt sie.

Wir gehen ein Stück, sie vorneweg, ich hinterher. Wir steigen über ausgestreckte Beine. Henrietta trägt den grauen Rollkragenpullover, den sie früher schon einmal anhatte, und Jeans. Sie ist kaum einen Meter von mir entfernt. Zum Greifen nah. Halb sehe ich mich schon stolpern und sie mit mir zu Boden reißen. Immer dasselbe, Abstand und Nähe, ich bin es einfach nicht gewöhnt. Im Vorbeigehen grüßt sie jemanden, dann lassen wir uns unter einem Baum nieder. Die Luft hat sich inzwischen abgekühlt. Um das Feuer herum sitzen ein paar Jungs und schreien sich etwas zu. Der CD-Spieler schlägt sich nach wie vor wacker, und einige Mädchen versuchen, noch ein paar mehr zum Tanzen zu bewegen.

»Letztes Mal waren nicht ganz so viele Leute da«, stellt Henrietta fest.

»Ein paar sind auch schon wieder gegangen«, antworte ich.

»Du warst bei der letzten Party nicht hier«, sagt sie.

»Ich wollte kommen.«

»Ich dachte, du willst nicht mit mir reden. Du warst immer so still«, tastet Henrietta sich vor.

»Ich war feige.«

Wir sitzen schweigend da.

»Vielleicht bist du ja eher ein Spatz.«

»Zumindest war ich einer«, erwidere ich. »Aber jetzt bin ich ein Adler. Heute Abend jedenfalls.«

Lächelnd blickt sie in eine andere Richtung.

Ich betrachte sie von der Seite. Überlege, ob sie hören kann, wie das Herz in der Adlerbrust flattert.

Wir unterhalten uns über die Umstehenden, wen sie davon kennt. Sie lassen sich nur erahnen. Wir deuten ihre Silhouetten. Ich spreche. Ich antworte in ganzen Sätzen auf das, was sie sagt. Ich stelle Fragen, auf die sie mir antwortet. Ich achte nicht auf all die anderen um uns herum. Ich konzentriere mich einzig und allein auf diese heisere Stimme, die mich in der Dunkelheit umschwebt. Sie erkundigt sich, weshalb ich Möwe genannt werde, und ich erzähle ihr von damals in der Vierten und dem »Schweben in den Wolken«.

»Wusste ich's doch, dass in dir jemand steckt, der gern fliegen möchte«, sagt sie und klingt wie Rebecka.

Ich würde ihr gern ebenfalls einen Spitznamen geben, doch es ist gar nicht so einfach, sich einen Vogel mit Boxhandschuhen vorzustellen. Kranich? Bussard? Schwalbe? Pinguin? Wir müssen über unsere gegenseitigen Vorschläge lachen.

Zwischendurch verfallen wir in Schweigen. Sehen uns um, ins Feuer, das irgendjemand schon die ganze Zeit erfolgreich am Leben erhält. In einem dieser stillen Momente wird mir klar, dass sich etwas zwischen uns verändert hat. Henrietta hat mir in die Augen geschaut, ich habe ihr in die Augen geschaut und ihren Blick aufgefangen. Und zwar keinen dieser kurzen Blicke, bei denen ich mir gar nicht sicher sein konnte, ob ich überhaupt richtig gesehen hatte. Aber auch keiner von Minuten, ja nicht einmal von einer, doch so lange hatten wir uns noch nie zuvor in die Augen geschaut. Kein flüchtiges Zwinkern, sondern ein ruhiger und gelassener hellblauer Blick, der dem meinen begegnete. Der Gedanke schießt mir durch den Kopf wie ein Kolibri. Kommt hier jetzt die Liebe?

»Weißt du noch, als wir uns im Supermarkt getroffen haben?«, frage ich.

Sie nickt.

»Wusstest du damals, dass ich dort bin?«, frage ich weiter.

»Nein«, erwidert sie.

Ich nicke.

»Doch, ich habe dich hineingehen sehen«, sagt sie nach einer Pause.

Ich sage nichts, versuche zu verstehen, was das bedeutet, ob es überhaupt etwas bedeutet.

»Wusstest du, dass ich im Box-Club sein würde?«, will sie wissen.

Ich schüttele langsam den Kopf und sehe zum Himmel hinauf. Sie lächelt.

Wir tauschen uns über unsere Pläne für die Sommerferien aus, unterhalten uns über andere, über Rebecka und Tomas. Ich versuche, unser Gespräch in eine bestimmte Richtung zu lenken, in die Beziehungsrichtung, doch sie sagt nichts dazu. Schließlich halte ich es nicht länger aus und frage.

»Bist du mit diesem Fredrik zusammen?«

»Nein«, antwortet Henrietta.

Wieder höre ich das Lächeln in ihrer Stimme. Ich horche darauf, was es mir sagen will.

So oft wie nur möglich schaue ich mir ihr Gesicht an. Sie hat ein ernstes Gesicht, irgendwie offen und verschlossen zugleich. Ich kann gar nicht genug davon bekommen. Wie könnte es jemand Hübscheren geben als sie?, denke ich, und in diesem Moment wird der Ernst in ihrem Gesicht von einem Lächeln durchbrochen. Wieder begegnet sie meinem Blick, und ich weiß nicht, ob ich noch mehr verkrafte. Ich öffne den Mund, setze an, etwas zu sagen, und schließe ihn wieder. Sie blickt zum Feuer. Ich würde alles dafür geben, wirklich alles, wenn ich diesen Übergang von Ernst zu Lächeln in ihrem Gesicht noch einmal sehen dürfte.

Einer nach dem anderen tritt den Heimweg an. Wir teilen uns ihr mitgebrachtes Getränk. Ich biete ihr dafür meinen zweiten Apfel an, den sie mit einer amüsiert hochgezogenen Braue entgegennimmt.

»Wir sitzen hier wie so zwei Gesundheitsapostel im Ruhestand«, sagt sie.

»Würdest du gern trinken?«, erkundige ich mich.

»Nicht heute Abend.«

Ich berichte ihr von meiner nicht vorhandenen Übung in Partydingen, doch sie meint, mir würden sich schon noch genügend Gelegenheiten bieten, mir die Kante zu geben. Beinahe bin ich ein wenig verärgert, weil sie so erfahren klingt, fast schon ein bisschen überheblich.

»Du hast wohl schon alles ausprobiert«, sage ich.

»Das hier nicht«, erwidert sie und sieht zu Boden.

Ich lasse ihre Worte sacken.

Sie erzählt, dass sie sich für ein paar Dinge, die sie getan hat, schäme. Dinge, die sie im Suff getan hat.

»Wenigstens ist man am nächsten Tag wieder ganz die Alte.«

»Ich hätte nie gedacht, dass du auch manchmal unsicher bist«, sage ich.

Sie muss schmunzeln, und hinter ihrem Schmunzeln tritt etwas zutage, das mir bisher noch nie aufgefallen ist. Ihr Blick scheint zu flackern, ihr Schmunzeln verbirgt noch etwas anderes. Und plötzlich ist mir alles klar. Sie würde nicht hier mit mir sitzen, wenn sie nicht in vielerlei Hinsicht so wäre wie ich. Wenn sie nicht dasselbe empfinden würde wie ich. Wenn sie nicht auch manchmal Angst hätte. Und wenn sich unter ihrer Kappe nicht auch ein Paar Eselsohren verstecken würden.

»Als wir im Kino waren, zum Beispiel«, setzt sie an.

»Ja?«

»Und dieser Film so unsäglich schlecht war, da dachte ich: Jetzt ist's aus. Ich dachte, jetzt hältst du mich bestimmt für eine komplette Idiotin, weil ich einen so hundsmiserablen Film ausgesucht habe.«

Ich schüttele den Kopf.

»Aber hinterher warst du dann so komisch«, fährt sie fort. »Ich dachte, du wärst sauer und wolltest einfach nur noch nach Hause.«

Ich schüttele erneut den Kopf und lache. Laut.

»Was ist?«, fragt sie.

»Der Film war in der Tat unglaublich schlecht«, antworte ich.

Der Himmel hellt sich allmählich wieder auf. Ich frage mich, wie viel Uhr es wohl sein mag. Sicher schon weit nach zwölf, wo meine Eltern mich gern zu Hause gewusst hätten. Mein Körper fühlt sich an, als nähme er langsam, aber sicher die Konturen des Untergrunds an, auf dem ich sitze. Henrietta kauert mit um die Knie geschlungenen Armen neben mir.

»Meine Tante fragt sich bestimmt, wo ich bleibe«, sage ich schließlich.

Henrietta nickt.

»Wir beide sind fast die Letzten«, erwidert sie.

Das stimmt. In einiger Entfernung sehe ich noch ein paar

Unverwüstliche, ein Junge liegt auf der Seite schlafend im Gras. Das Feuer ist erloschen. Henrietta löst den Griff um ihre Beine und streckt sich. Dann beugt sie sich zu mir herüber und angelt nach ihrer Tasche hinter uns. Und mit einem Mal weiß ich, dass wir uns gleich küssen werden. Ich habe keine Ahnung, wieso und woher ich überhaupt die Zeit für diesen Gedanken nehme. Doch ich finde sogar die Zeit, für einen Augenblick Angst zu empfinden. Aber ich will, dass es passiert. Jetzt werden wir uns endlich küssen, denke ich. Jetzt, denke ich, während sich unsere Gesichter einander nähern.

Ihre Lippen berühren sanft die meinen. Sie stützt die Hand neben mein Bein, um nicht das Gleichgewicht zu verlieren. Wir schauen uns eine Sekunde lang an. Dann noch ein Kuss. Der Ernst. Ihre hellen Augen. Ihre Hand. Ihre Haut. Ihre Wange.

Wir gehen durch den Wald, durch verlassene und stille Wohngebiete, und gelangen schließlich auf die Einfallstraße in Richtung Zentrum. Eine Katze sitzt auf einem Rasen und putzt sich. In einem Haus zieht jemand die Jalousie hoch. Bestimmt irgendein alter Mensch, der nie länger als bis fünf Uhr morgens schlafen kann.

Am Kreisverkehr überholt uns langsam ein Auto. Es ist der Opel Manta mit den abgedunkelten Scheiben. Wenn ich allein unterwegs wäre, würde ich jetzt definitiv Schiss bekommen. Ich finde es immer verdächtig, wenn man den Fahrer nicht erkennen kann. Fährt er allein in seinem Auto durch die Gegend?

Eines der vorderen Fenster ist heruntergekurbelt, und

aus den Lautsprechern dröhnt irgendein Euro-Disco-Song. Aufs Neue lese ich: »I love women«.

»So pauschal kann man das doch gar nicht sagen«, bemerkt Henrietta.

»Was genau?«, frage ich.

»Dass man Frauen liebt, so generell. Tust du das?«

»Nicht *alle*«, antworte ich.

»Mir fallen etliche Frauen ein, die ich hassen könnte, wenn ich nur den Nerv dazu hätte«, sagt sie.

»Kennst du den?«, frage ich mit einem Nicken in die Richtung, in der das Auto verschwunden ist.

»Bestimmt irgendein einsames armes Schwein«, erwidert sie.

Der Kies auf dem Gehsteig knirscht unter unseren Schuhen. Meine Arme und Beine erwachen allmählich wieder zum Leben und werden warm. Ich bin müde, und trotzdem wünsche ich mir, wir hätten noch einen langen Weg vor uns.

»Traust du dich das nächste Mal ranzugehen, wenn ich anrufe?«, fragt mich Henrietta, bevor sich unsere Wege trennen.

Ich nicke.

Dieser Blick, dieses flüchtige Lächeln im Mundwinkel. Sie erwidert mein Nicken.

Als ich mich in die Wohnung stehle, steht Elise gerade im Wohnzimmer und faltet meine Bettdecke zusammen. Die Sonne scheint durch das leicht geöffnete Fenster.

»War's schön?«, erkundigt sie sich.

Ich nicke.

»Das sieht man dir an«, sagt sie mit einem Lächeln. »Ich dachte schon, du kommst überhaupt nicht mehr.«

Sie breitet die Decke wieder auf dem Sofa aus.

»Wie spät ist es?«, will ich wissen.

»Viertel nach sechs.«

»Sorry, hast du dir Sorgen gemacht?«

»Quatsch! Willst du frühstücken oder lieber schlafen?«

Falls sie sich je Sorgen gemacht haben sollte, soll ich es jedenfalls nicht erfahren. Sie sieht müde aus, hat sie vielleicht überhaupt nicht geschlafen? Aber sie macht einen gut gelaunten Eindruck. Ein leicht schlechtes Gewissen beschleicht mich dennoch. Aber wenn ich ehrlich sein soll, will ich nicht daran denken. Ich will etwas essen und dann schlafen.

Wir frühstücken in der Küche, Elise liest die Zeitung. Danach wanke ich zum Sofa und lege mich schlafen. Elise verschwindet unter die Dusche. Ich höre sie unter der Brause singen und schlafe damit in den Ohren ein.

Als ich aufwache, fühle ich mich leer. So, als hätte ich irgendetwas Wichtiges vergessen. Ich habe kaum mehr als ein paar Stunden geschlafen. Mein Kopf fühlt sich an, als wäre er mit Baumwolle gefüllt, bis hinter beide Augen. Die Sonne scheint durch die Rollos. Die vergangene Nacht ist noch immer in meinem Kopf. Meine Augen sind offen, doch anstatt Elises Wohnzimmer zu sehen, bin ich wieder bei unseren Küssen und dem Spaziergang nach Hause, durch den Wald und die stillen, leeren Straßen, erlebe alles noch einmal von vorn.

Henriettas Hand in meiner. Sie hat gut dorthin gepasst. Unsere Schritte haben gut zusammengepasst. Wir sind fast gleich groß.

Ich schließe die Augen und versuche, noch ein wenig zu schlafen.

Was drei wissen, wissen alle

»Hallo, ich bin's, Henrietta. Bist du schon wach?«

Plötzlich ist ihre Stimme in meinem Ohr. Warm, rau, glücklich.

Ich drücke mir das Handy ans Ohr. Ihre Stimme in meinem Kopf.

»Jetzt bin ich wach«, antworte ich.

»Ich konnte nicht mehr schlafen«, sagt sie. »Wollen wir 'nen Kaffee trinken gehen?«

Als wir uns vor *Jalles Pizza & Grill* treffen, sind meine Haare noch feucht vom Duschen. Sie sitzt auf der Treppe und beobachtet mich beim Näherkommen. Ich möchte mir die Hand schützend vor die Augen legen, Henrietta ist zu hell für sie. Ich habe keine Ahnung, wie ich sie je ansehen können soll. Worauf ich meinen Blick heften soll, damit ihr Anblick mir nicht die Augen versengt. Sie ist schön. Doch sagt das nichts über meine Gefühle. Ich kneife die Augen zusammen. Langsam gehen wir nebeneinanderher. Ich hatte befürchtet, es könnte sich merkwürdig anfühlen, mich verlegen machen, doch das ist überhaupt nicht der Fall. Keine zwei Menschen passen an einem Sonntagvormittag besser nebeneinander als wir.

Sie erkundigt sich, was ich gemacht habe, seit wir uns verabschiedet haben, was es bei mir zum Frühstück gab und was Elise gesagt hat, als ich nach Hause kam. Als Henrietta heimkam, hatte ihre Mutter schon geschlafen, und als sie wieder aufwachte, war sie schon weg.

Ich habe Angst, aber auf eine neue Weise. Ich platze beinahe vor Nervosität. Ich bin so nervös, wie man es gelegentlich ist, wenn man weiß, dass irgendetwas Tolles passieren wird, und man befürchtet, es könnte doch nichts daraus werden. Wie beim Reisefieber. Ich möchte, dass wir auf der Stelle losfahren. Jetzt fahren wir doch endlich los, oder? Das ist doch jetzt der Anfang? Die Liebe wurde am Ende doch nicht etwa stillgelegt?

Wir gehen die Nygatan entlang. Die Sonne hat die Hauswände und den Asphalt aufgeheizt. Was sind das doch alles für arme Teufel, die jetzt drinnen herumhocken. Und nicht neben ihrer Auserkorenen durch die Stadt spazieren. Was sind das doch alles für arme Teufel, die nicht wollen, nicht können, nicht dürfen. Wir gehen ein Stückchen schweigend nebeneinanderher. Und da nehme ich ihre Hand.

Ich nehme ihre Hand.

In meine.

Kann kaum glauben, dass ich es wirklich getan habe.

»Möwe, Spatz, Adler«, sagt sie und drückt meine Hand.

Ihre weiche, starke Hand. Mit dem Daumen streichele ich über ihre Haut. Wir gehen weiter.

An der Mittelschule überqueren wir den Schulhof. Zwei

kleine Mädchen und ein Junge radeln auf dem Asphalt herum. Bestimmt Erstklässler.

Wir sind erst ein paar Schritte gegangen, als eines der Mädchen nach einem Blick auf uns zu dem anderen Mädchen hinradelt. Sie bremsen voreinander ab, tuscheln und sehen mit ernsten Mienen zu uns herüber. Es dauert etwas länger, bis auch der Junge uns entdeckt. Er ist völlig davon in Anspruch genommen, das Fahren auf dem Hinterrad zu üben. Plötzlich blickt er auf und radelt mit einem Grinsen in immer engeren Kreisen um uns herum. Über die Schulter vergewissert er sich, ob die beiden Mädchen es ebenfalls gesehen haben.

Mein Griff um Henriettas Hand muss schlaff geworden sein, denn sie fasst etwas fester zu und drückt einen Herzschlag lang meine Hand. Der Junge kommt ein paar Meter vor uns schlitternd zum Stehen und stellt einen Fuß auf den Boden. Er sieht uns an.

»Wieso haltet ihr euch an der Hand?«, erkundigt er sich.

Die Mädchen sind ebenfalls näher gekommen. Sie stehen da und schauen uns an, lauschen.

»Weil wir verliebt sind«, antwortet Henrietta.

Eines der Mädchen kichert.

»Aber ihr seid doch zwei Mädchen«, sagt der Junge.

»Stimmt«, erwidert Henrietta.

Das ist richtig.

Das andere Mädchen reißt die Augen auf und kichert ebenfalls. Ihr Fahrrad kippt beinahe um und sie muss es retten, woraufhin die beiden nur noch mehr kichern müssen.

»Seid ihr ein Paar?«, will der Junge wissen.

»Ja«, erwidert Henrietta.

Sie sieht mich an.

Ich nicke dem Jungen zu.

Er steigt auf sein Fahrrad, legt einen Kavalierstart hin und radelt in einem großen Bogen über den Hof. Wir gehen weiter.

»Sie sind ein Paar!«, ruft er den Mädchen zu.

Die beiden haben die Köpfe zusammengesteckt, die eine blickt auf und ruft:

»Wissen wir doch!«

Wie kann ich sagen, ob deine Stimme schön ist.
Ich weiß nur, dass sie mich durchdringt
und mich wie Laub zum Zittern bringt
und mich zerfetzt und mich zersprengt.

Was weiß ich denn von deiner Haut und deinen Gliedern.
Ich bin erschüttert nur, dass es die deinen sind,
drum find ich keinen Schlaf und keine Ruhe,
bis dass sie mein sind.

Quellennachweis

Die Zitate in diesem Buch wurden den folgenden Quellen entnommen:

Karin Boye: Wie kann ich sagen. In: *Stichproben. Lyrik aus Schweden. Eine kleine Anthologie in Schwedisch und Deutsch.* Ausgewählt und übersetzt von einer Arbeitsgemeinschaft unter der Leitung von Ulrike Karger, Författares Bokmaskin, Stockholm 1991. Deutsch von Regina Gluhak.

Jeanette Winterson: *Auf den Körper geschrieben*, S. Fischer 1992. Deutsch von Stefanie Schaffer-de Vries.

Joyce Carol Oates: *Über Boxen*, Manesse Verlag 2013. Deutsch von Ursula Locke-Groß und Andrea Ott.

Sappho: Gedicht, Fragment 31 (31LP/2D). Deutsch von Iris Kammerer.

Tove Jansson: Misans klagolåt. In: *Poesiboken (Min nya skattkammare)*, Natur och Kultur 1983.
Hier in der Übersetzung von Stephanie Elisabeth Baur.

In einigen Fällen ist es trotz intensiver Recherche nicht gelungen, die Rechteinhaber zu klären. Bei etwaigen Rechtsansprüchen wenden Sie sich bitte an den Verlag.

LESEPROBE

Leila Sales
This Song Will Save Your Life
320 Seiten, €/D 14,99

Elise Dembowski, 16 Jahre, hat keine Lust mehr gemobbte Außenseiterin zu sein. Sie will sich ändern, anpassen – Hauptsache Freunde finden. Neues Schuljahr, neues Glück?
Aber so einfach ist das nicht. Bis ... ja, bis sie bei einem ihrer Nachtspaziergänge auf eine andere Welt trifft, den Underground-Club Start – eine Welt, in der Musik alles ist. Elise findet Freunde, sogar Liebe, und entdeckt ein bisher ungeahntes Talent.
Doch was passiert, wenn das „richtige" Leben droht, alles wieder zunichte zu machen?

Lies auf den folgenden Seiten in das Buch rein...

Die Playlist zum Buch!

kosmos.de Preisänderungen vorbehalten

Heute Nacht lief ich ungefähr in Richtung meiner Schule, verließ die Wohngegend mit ihren Parks und großen Einfamilienhäusern und ging in das angrenzende Viertel, wo hauptsächlich Studenten wohnten und herumhingen. Ich spazierte an ihren vierstöckigen Wohnblocks vorüber, dann den Hügel hinunter, an Cafés, Boutiquen und Restaurants mit geschlossenen Fensterläden. Ein paar Autos fuhren vorbei. Ich sah, wie eine Frau ihre Wohnung aufschloss und wie ein Paar vorbeischlenderte und ein paar Mal vor dunklen Schaufenstern stehen blieb. Logischerweise niemand in meinem Alter.

Am Ende des Hügels bog ich links ab auf eine breitere, tristere Straße, an der hauptsächlich Lagerhallen standen. Mein Schulbus fuhr immer morgens hier entlang. Es war kein Baum in Sicht, nur ein paar weit voneinander entfernte Straßenlaternen und zwei Mädchen auf der anderen Straßenseite. Die einfach dastanden. Mich beobachteten.

Unmittelbar schlug mein Herz schneller und ich schob unauffällig meine Hand in meine Jackentasche, um meinen MP3-Player abzuschalten, damit ich hören konnte, was passierte. Nach meiner Erfahrung bedeutete es nie etwas Gutes, wenn Menschen mich bemerkten.

»Hey du!«, rief eine von ihnen über die Straße.

Lauf einfach weiter, sagte ich mir. *So wie wenn Lizzie Reardon auf dem Flur deinen Namen ruft. Einfach weiterlaufen. Denk dich unsichtbar, und wenn du Glück hast, wirst du vielleicht unsichtbar.*

»Mädchen da drüben!«, schrie sie noch mal. »Du läufst in die falsche Richtung!«

Als sie das sagte, blieb ich stehen. Aus irgendeinem Grund verwirrte mich die Aussage. Ich ging *nirgendwohin*, wie konnte ich also in die falsche Richtung laufen?

»Komm her!«, rief sie.

Ich befolge direkte Befehle. Deshalb räumte ich einen vollen Cafeteriatisch ab, deshalb gab ich Jordan meinen MP3-Player, und deshalb überquerte ich jetzt die Straße. Weil mir jemand gesagt hat, ich solle es tun.

Die beiden Mädchen lehnten an einer mit Graffiti besprühten Wand. Diejenige, die gerufen hatte, war etwas größer als ich, kräftig und rauchte eine Zigarette. Sie trug ein schwarz-weiß gepunktetes Kleid mit einer leuchtend gelben Strickjacke und Federn im Haar.

»Da geht's rein«, sagte sie und zeigte auf das Gebäude hinter sich.

Das war ein weiteres *Ich hab gekillt und Phallus geschickt*. Da geht's rein. Weshalb mussten Leute immer in verschlüsselten Botschaften sprechen?

»Okay«, sagte ich.

»Warst du schon mal hier?«, fragte sie mich.

Ich zuckte auf eine Weise mit den Schultern, die möglicherweise Ja bedeuten konnte, möglicherweise aber auch Nein.

»Wir waren nicht mehr, seit es drüben in Pawtucket war«,

sprach das Mädchen im gepunkteten Kleid weiter und deutete mit ihrer Zigarette nach Westen, obwohl Pawtucket ungefähr vierzehn Kilometer nördlich von dort lag, wo wir gerade standen. Und außerdem, wie konnten sie irgendwo nicht gewesen sein, seit es woanders war? Die ganze Sache war ziemlich *Alice im Wunderland*.

»Willst du eine Zigarette?«, bot sie mir an.

»Nein, danke«, sagte ich und fügte dann hinzu: »Ich rauche nicht.«

Sie nickte. »Das ist gut. Die können dich umbringen.« Sie nahm einen langen Zug, als wollte sie es beweisen.

Zum ersten Mal sagte ihre Freundin etwas. Sie war klein und zart und trug einen blonden Pixieschnitt. Ein wenig erinnerte sie mich an ein Fohlen, mit ihren schlaksigen Beinen und runden Augen. Sie sprach mit einem Akzent, der ihre Worte ein wenig schwer verständlich machte: »Vick, es klingt, als wolltest du ihr 'ne Kippe anbieten, um sie umzubringen.«

Dem ersten Mädchen klappte in gespieltem Entsetzen der Kiefer runter und ihr leuchtend roter Lippenstift formte ein großes O. »Ich war *großzügig*.«

Die Freundin zuckte mit ihren knochigen Schultern. »Na ja, sie kennt uns nicht. Bisher weiß sie lediglich, dass du versucht hast, sie mit Krebs zu infizieren.« Sie zupfte ihre Fransenlederjacke über ihrem goldenen Paillettenkleid zurecht.

»Kommst du aus England?«, fragte ich das dünne Mädchen im Versuch, ihren Akzent auszumachen.

»Ursprünglich«, sagte sie. »Ich bin in Manchester aufgewachsen.«

»Manchester!«, rief ich.

»Warst du schon mal da?« Sie klang überrascht.

»Nein, aber ich wollte schon immer hin.«

»Lass es. Manchester ist ein Scheißloch«, sagte sie entschlossen. »Die ganze Stadt sieht so aus wie das hier.« Sie schwang ihren Arm, um auf die leere Straße voller Lagerhäuser zu deuten.

»Aber The Smiths kommen aus Manchester«, sagte ich.

»Und New Order«, fügte sie mit Stolz hinzu. »Und Oasis.«

»Okay, blablabla, wir haben's kapiert, sämtliche großartigsten Bands der Welt kommen aus deiner Heimatstadt«, warf das gepunktete Mädchen ein. »Danke für das Salz in der Wunde.«

»Nur weil es so ein Scheißloch ist«, sagte das britische Mädchen. »Die Menschen müssen Kunst schaffen, damit sie an was anderes als ihr beschissenes Leben denken können.«

»Klar, aber Glendale ist auch ein Scheißloch, und wie viele Weltklassemusiker kommen von *hier*?«, konterte ihre Freundin.

»Du. Zum Beispiel.«

Das gepunktete Mädchen prustete und drückte ihre Zigarette an der Mauer aus. »Ja, genau. Komm schon, wir gehen wieder rein, bevor ich noch eine rauche und wir alle Krebs kriegen.«

Sie liefen ein paar Schritte weg von mir und drehten sich um, als sie bemerkten, dass ich nicht mitging. »Kommst du oder was?«, fragte das Mädchen mit dem gepunkteten Kleid.

Und irgendwas, das mir das Gefühl gab, in einem Traum zu sein oder in einer Halluzination von Lewis Carroll, machte es okay zu antworten: »Ich komme.«

Ich huschte hinter ihnen her, als sie um die Ecke bogen

und einen schmalen Weg zwischen Lagerhäusern entlanggingen. Wahrscheinlich wurde ich gleich gekidnappt. Aber, ganz ehrlich, ich hätte mich lieber von diesen beiden Mädchen entführen lassen, als unentführt bei meinen Klassenkameraden zu sein. Wenn entführen eine Reise nach Manchester bedeutete, war ich ganz dafür.

»Wie heißt du eigentlich?«, fragte das größere Mädchen über ihre Schulter hinweg.

»Elise.«

Sie drehte sich um und musterte mich von oben bis unten. »Wie der Song von The Cure?«

»Ja«, sagte ich.

Sie nickte zustimmend. »Das dürre Huhn hier ist Pippa. Ich bin Vicky, Kurzform von Victoria natürlich.«

»Wie das Lied von den Kinks?«, sprudelte es aus mir raus. Sofort wurde ich rot. Aus meinem Mund klang das dumm. Ich wirkte übereifrig, kindisch. Uncool.

Doch sie schenkte mir ein breites, strahlendes Lächeln. »Genau«, sagte sie. »Wie das Lied von den Kinks.«

Am Ende der Straße stand ein großer, dunkelhäutiger Mann mit kahl rasiertem Kopf und Ohrringen und bewachte eine geschlossene Tür.

»Hi, Mel«, zwitscherte Vicky.

»Hallo, Mel«, sagte Pippa und stellte sich auf die Zehenspitzen, um ihm Küsschen auf beide Wangen zu geben.

»Wer ist das?«, fragte er barsch. Mit zusammengekniffenen Augen schaute er auf mich herab.

»Elise«, sagte ich. Ich streckte meine Hand aus, um seine zu schütteln, aber er hielt seine muskulösen Arme vor der Brust verschränkt.

»Hast du einen Ausweis?«, fragte er.

Alles, was ich hatte, war mein MP3-Player. »Nicht dabei«, antwortete ich. »Aber ich schwöre, dass ich Elise heiße.«

»Sie ist heute einundzwanzig geworden«, mischte Vicky sich ein. »Ist das nicht aufregend? Happy birthday to you, happy birthday to you, happy birthday, liebe Elise –«

»Wenn dieses Mädchen einundzwanzig ist, dann bin ich das auch«, sagte Mel und rollte mit den Augen.

»Du meinst, du bist nicht einundzwanzig?« Vicky spielte die Überraschte. »Ich schwöre, Mel, du kannst auf keinen Fall älter sein. Deine Haut ist babyzart.«

Mels Mundwinkel zuckten, als kämpfte er mit einem Lächeln. »Ich bin alt genug, um dein Vater zu sein, Vick.«

»Auf keinen Fall!«, rief Vicky. »Mein Vater ist *alt*. Kennst du diese Zeitschrift, die alte Leute kriegen?«

»Nein«, meinte Mel.

»Na ja, es gibt so eine Zeitschrift, die mein Vater kriegt, seit ich sechs war. Und jeden Abend geht er um neun ins Bett. Mel, du warst noch *nie* um neun im Bett.«

Mel zuckte mit seinen breiten Schultern. »Alter ist mehr als nur eine Zahl. Es ist ein Lebensstil.«

»Du erzählst mir hier also gerade«, sagte Vicky, »dass Elise wirklich einundzwanzig ist, auch wenn sie keinen Ausweis hat, um es zu beweisen.«

Mel stöhnte und wollte etwas entgegnen, aber Pippa machte einen Schritt nach vorn. »Komm schon, Mel«, sagte sie leise, und ich konnte nicht sagen, woran es lag, an ihrer Haltung oder ihrem Gesichtsausdruck oder ihrer Stimme oder der zögernden Art, wie sie mit ihren winzigen Fingern durch ihr Haar fuhr, aber ich konnte mir nicht vorstellen, dass irgendjemand auf dieser Welt ihr etwas abschlug. »Sei ein Gentleman. Elise gehört zu uns.«

Und Mel trat einen Schritt zurück und öffnete die Tür für uns.

Als wir an ihm vorbei ins Gebäude gingen, staunte ich noch immer darüber. Nicht über Vickys Gerede oder Pippas weibliche Reize, sondern ihre Bereitschaft, einfach so zu sagen: *Elise gehört zu uns*.

Warum seid ihr nett zu mir?, wollte ich sie fragen. Aber ich tat es nicht. Wenn ich fragte, bemerkten sie vielleicht ihren Fehler. Stattdessen drückte ich leicht die Innenseite meines linken Handgelenks, als prüfte ich meinen Puls, und folgte ihnen nach drinnen.

Die Tür öffnete sich und gab die Sicht frei auf eine vollgestopfte Tanzfläche voller schwitzender, sich windender Körper, die von gelegentlich aufflackernden Stroboskoplichtern erhellt wurden in dem ansonsten spärlich beleuchteten Raum mit einer hohen Decke. Aus den Boxen, die doppelt so groß waren wie ich, dröhnte »Dancing in the Dark«, und die meisten Leute sangen mit, als ginge es um ihr Leben, außer einem Typen, der mit einer teuer wirkenden Kamera Fotos machte, ein paar Mädchen in der Schlange vorm Klo und zwei Jungs, die miteinander rummachten, inklusive Po-Grabschen und speicheltriefender Zungenküsse.

»Ist das ein Club?«, fragte ich und wiederholte die Frage, als ich merkte, dass niemand mich hören konnte.

»Das ist *Start*!«, antwortete Vicky. Ihre normale Sprechstimme war laut genug, sodass sie nicht mal versuchen musste, die Musik zu übertönen. »Die beste Undergroundparty der Welt!«

Pippa schüttelte den Kopf und ich sah, dass ihre Lippen sich bewegten.

»Pippa sagt, dass sie in Sheffield mal auf einer besseren Undergroundparty war. Aber sie erzählt nur Mist. *Start* ist die einzig wahre, Elise. Besser geht's nicht. Du warst echt noch nie hier?«

Ich schüttelte den Kopf und gestand: »Ich bin noch nicht wirklich einundzwanzig.«

Vicky brach in Gelächter aus. Selbst Pippa lächelte beinahe, und nach dem bisherigen Verlauf des Abends zu schließen, war sie keine große Lächlerin. Vicky sagte: »Schätzchen, keiner von uns ist wirklich einundzwanzig. Wir beide sind achtzehn.«

»Die Gesetze zum Trinken in diesem Land sind lächerlich«, trug Pippa bei.

»Trinken ist mir egal«, sagte Vicky. »Aber ich verstehe nicht, weshalb man einundzwanzig sein muss, um ein bisschen Spaß zu haben.«

Selbst mit achtzehn waren Vicky und Pippa beide mindestens zwei Jahre älter als ich. Ich war im Januar erst sechzehn geworden. Sie waren wahrscheinlich nicht mal mehr in der Highschool. Vielleicht gingen sie schon aufs College. Das erklärte, weshalb sie während der Woche um ein Uhr nachts in Paillettenkleider und Federn gehüllt auf eine Tanzparty gingen. Weil sie frei waren.

»Apropos Trinken«, sagte Pippa, »ich hol mir was.« Ich sah zu, wie sie quer durch den Raum davonschritt, ihre spindeldürren Beine in hochhackigen Stiefeln balancierend.

Auf dem Weg zur Bar machte Pippa halt am DJ-Pult. Sie kletterte zwei Stufen auf die Plattform, wo ein Typ mit Kopfhörern um den Hals vor einem Computer, zwei Turntables und anderem elektronischen Equipment hin und her wippte. Die Plattform war so klein, dass sie direkt neben ihm stehen musste, ihren Ellbogen im Prinzip an seinem. Ich sah sie sprechen, aber konnte nicht ausmachen, ob er zuhörte, da er seinen Blick auf das Equipment vor sich gerichtet hielt, während er verschiedene Regler verschob.

»Der DJ heißt Char.« Vicky sprach direkt in mein Ohr. »Pippa ist in ihn verliiiiiiiebt.«

Nach diesem Satz sah ich die beiden mit anderen Augen. Ich versuchte, die Liebe in Pippas Verhalten zu erkennen. Ich versuchte herauszufinden, ob er sie auch liebte.

»Sie sehen gut zusammen aus«, sagte ich. »Wie ein Paar.« Er war ein paar Zentimeter größer als Pippa, sogar in High Heels, und sein dunkles Haar ergänzte perfekt ihre platinblonden kurzen Locken. Selbst ihre Lederjacken sahen aus wie zusammen gekauft, im *Barbie und Ken gehen in die Diskothek*-Set.

Vicky grinste. »Ich werde ihr erzählen, dass du das gesagt hast. Sie wird drauf abfahren.«

Char signalisierte Pippa *Wart-mal-kurz* und setzte seine Kopfhörer auf. Pippa verweilte noch ein wenig neben ihm, aber als er nicht von seinem Computer aufsah, kletterte sie vom DJ-Pult herunter und lief zur Bar.

Das Lied ging in »Girls and Boys« über und die Menge flippte aus. »Wir tanzen!«, schrie Vicky mich an, was technisch gesehen nicht stimmte. *Sie* tanzte.

Dies sind alle Tanzflächenerfahrungen meines bisherigen Lebens:

Die Jahresendvorstellung der Kinderballettgruppe beim

Christlichen Verein Junger Menschen ruiniert, als ich sechs war, weil ich nicht hüpfen konnte.

Zum Schulball in der siebten Klasse gegangen, wo sie Lieder wie »Shake Your Ass« spielten, nur mit einem Piepton über dem »ass«, und alle rieben sich aneinander, bloß niemand an mir.

Zusammengefasst, ich tanze aus Gründen nicht, die ich für ziemlich gute Gründe halte.

Die Jungs neben uns hörten auf zu knutschen, lange genug, um gemeinsam mit allen anderen den Refrain zu brüllen. Ich verlagerte mein Gewicht von einem Fuß auf den anderen und sang die Worte und versuchte meine Arme so zu bewegen wie Vicky. Dann fiel mir auf, wie dämlich ich aussah, und ich hielt meine Arme wieder an den Seiten, wo sie hingehörten.

»Elise!«, schrie Pippa mich an und drückte mir ihr Bier in die Hand.

Ich war im Begriff, »Danke« zu sagen, denn einen Augenblick lang dachte ich, dass Pippa versuchte, wie fehlgeleitet es auch sein mochte, mir ein Geschenk zu machen.

Pippa schnappte Vickys Hand und sie begannen, zusammen auf und ab zu springen und sich gegenseitig die Worte ins Gesicht zu brüllen. Bei einem Sprung landete Pippas Absatz auf meinem Fuß, aber niemand schien etwas zu bemerken.

Einen Taktschlag zu spät fiel mir auf, dass Pippa mir nicht eine Bierdose zum Geschenk machte. Sie benutzte mich als lebenden Getränkehalter. Das war alles. Meine Beine kamen zum Stehen, wie bei einer Aufziehfigur, die keinen Antrieb mehr hat.

Plötzlich hatte ich dieses Gefühl. Ich bekomme es oft, aber ich weiß nicht, ob es ein Wort dafür gibt. Es ist nicht *nervös* oder *traurig* oder *einsam*. Es ist all das zusammen, und noch ein bisschen mehr.

Das Gefühl sagt: *Ich gehöre nicht hierher. Ich weiß nicht, wie ich hierhergekommen bin, und ich weiß nicht, wie lange ich bleiben kann, bevor alle anderen merken, dass ich eine Hochstaplerin bin. Ein Betrug.*

Dieses Gefühl habe ich nahezu überall gehabt, wo ich in meinem Leben bisher war. Man kann nichts dagegen machen außer einen Schluck Wasser trinken und hoffen, dass es verschwindet. Oder man kann gehen.

Ich stellte Pippas Bier auf den Boden. Sie und Vicky hielten sich immer noch an den Händen und sprangen synchron auf und ab und drehten sich gegenseitig. Ein paar Typen in unserer Nähe beobachteten sie aufmerksam. Der Mann mit der großen, teuren Kamera stieß mich mit den Ellbogen aus dem Weg, um ein Foto von ihnen zu machen. Niemand schaute mich an. Also entschied ich mich für Option B und ging.

Gerade als ich aus der Tür schlüpfte, hielt ich eine Sekunde inne, um noch einmal einen Blick in den Raum zu werfen und das Bild in mein Gedächtnis einzubrennen. Die Dunkelheit und die Musik, die glitzernden Stirnbänder, in denen sich das Licht fing, die Sneakers in leuchtenden Farben, die über die Tanzfläche glitten.

Auf der anderen Seite des Raumes schaute Char von seinem DJ-Equipment hoch. Er hielt einen Kopfhörer an sein Ohr, ließ die andere Seite aber frei, während er über die Menge hinwegblickte. Er bewegte seinen Mund ein wenig, als würde er mit sich selbst reden oder singen. Seine Augen liefen suchend durch den Raum und verweilten, ganz kurz, auf mir.

Ich hielt seinen Blick eine lange Sekunde. Er lächelte nicht, doch sein Gesichtsausdruck war freundlich, glaube ich, oder vielleicht auch nur neugierig.

Dann schaute er wieder auf seinen Computer und ich verließ den Club.

Als am nächsten Morgen um 6:35 Uhr mein Wecker klingelte, fühlte ich mich durcheinander. Obwohl ich ständig zu lange aufblieb, war ich normalerweise nicht so erschöpft. Ich war mittlerweile konditioniert, mit wenig Schlaf durch den Tag zu kommen. Tatsächlich lief es in der Schule besser, wenn ich neben der Spur war. So wie wenn man sich vor einer Operation narkotisieren lässt.

Nachdem ich den Wecker ausgemacht hatte, starrte ich an die Decke und versuchte herauszufinden, was passiert war. Hatte ich wirklich einen geheimen Lagerhaus-Club entdeckt? Oder hatte ich das alles nur geträumt, wie eine armselige Wünsche-werden-wahr-Fantasie?

Da kam Alex in mein Zimmer gerannt und schrie: »Mom sagt, ich soll dir sagen, dass du aufstehen sollst! Und sie sagt, es wird regnen! Und sie fragt, was du zum Frühstück willst!«

Das ist das Problem in diesem Leben. Man hat nie genügend Zeit, um an die Decke zu starren und herauszufinden, was eigentlich los ist.

Beim Frühstück sagte nicht ein Mitglied des Haushaltes der Myers etwas zu mir wie: »Na, hast du heute Nacht um eins irgendwelche Clubs entdeckt, als du in den dunklen Gassen von Glendale unterwegs warst?« Stattdessen sagten sie beim Frühstück Dinge wie: »Um fünf habe ich ein Telefonat mit dem Geldgeber, kannst du die Kinder aus dem Hort abholen?« (Mom) und »Großer, ich schwöre, das ist dieselbe Sorte Waffeln, die wir sonst kaufen. Sie sehen nur brauner aus, aber wenn du die Augen zumachst, schmecken sie genauso« (Steve) und »Ich gehe nicht in die Schule, ich werde den ganzen Tag auf der Couch sitzen und ihr könnt mich nicht davon abhalten, weil ich am demokratischen Prozess teilhabe« (Alex) und »Sieht aus wie Vollkorn. Du weißt, ich esse keine Vollkornwaffeln« (Neil).

Offensichtlich dachte an diesem Freitagmorgen niemand an Undergroundclubs.

Ich kriegte den Schulbus gerade so und setzte mich ganz vorne hin. Nach dem ersten Schultag hatte ich es aufgegeben, die Mitte des Busses anzustreben. Was, du denkst, Leute könnten irrtümlicherweise glauben, du seist cool, wenn du sechs Reihen hinter dem Fahrer und nicht direkt hinter ihm sitzt, und sich zu dir setzen? Ich habe es versucht. Es hat nicht funktioniert. Meine Klassenkameraden sind zwar Idioten, aber selbst die kann man nicht so leicht hinters Licht führen.

Ich presste mein Gesicht an das Busfenster, das voller Schlieren war, und sah Lagerhalle um Lagerhalle vorbeiziehen, während ich Ausschau nach *Start* hielt. Und ich fand Folgendes heraus: Bei Regen und am Morgen sehen sie alle exakt gleich aus.

Ich nahm mein Gesicht vom Fenster weg und lehnte mich in meinem Sitz zurück, während der Bus abbog. Wäre ich nicht da gewesen, um zu sehen, wo die Party stattgefunden hatte, hätte ich nicht gewusst, dass sie überhaupt existierte.

Die Schule war wie immer, also seelenzerstörerisch deprimierend. Ich saß im Kurs und schrieb den Text von »Dancing in the Dark« in meiner schönsten Handschrift an den Rand meines Heftes.

Ich stellte mir vor, wie Vicky in den Raum fegte, Pippa auf zehn Zentimeter hohen Absätzen hinter ihr herstöckelte und der Klasse verkündete: »Elise gehört zu uns! Keiner von euch schätzt sie und ihr verdient sie nicht mal. Elise, es ist an der Zeit. Wir sind hier, um dich in dein echtes Leben mitzunehmen. Du hast lange genug in diesem gelitten, doch das war nur eine Prüfung, und die Prüfung ist jetzt vorbei.« Ich würde aufstehen und ihre Hände nehmen und gemeinsam würden wir in den Sonnenuntergang laufen.

Leila Sales
This Song Will Save Your Life
ISBN 978-3-440-14629-3

304 Seiten, €/D 14,99

Sag mir, was hast du vor mit deinem einen, wilden kostbaren Leben?

Diese Frage ihres Englischlehrers stellt die 17-jährige Parker Frost vor ein Dilemma. Denn bisher weiß sie nur, was man von ihr erwartet: ein Medizinstudium in Stanford. Und zwar mit dem Stipendium, das zu Ehren von Julianna und Shane eingerichtet wurde, die vor zehn Jahren nach einem Autounfall ums Leben kamen. Als Parker durch Zufall Juliannas Tagebuch findet und darin liest, ist sie erschüttert. Denn deren scheinbar perfektes Leben stellt sich plötzlich ganz anders dar. Was geschah damals, in der Nacht des Unfalls?

Die Reise durch Juliannas Leben wird für Parker zu einer Reise in ihr innerstes Selbst. Und langsam beginnt sie zu erkennen, was sie wirklich vorhat – mit ihrem einen, wilden und kostbaren Leben.